GAEA

Gaea

阿米巴系列

君子街，淑女拳

［冬之卷］

天航 KIM ——著

君子街，淑女拳

［冬之卷］

目錄

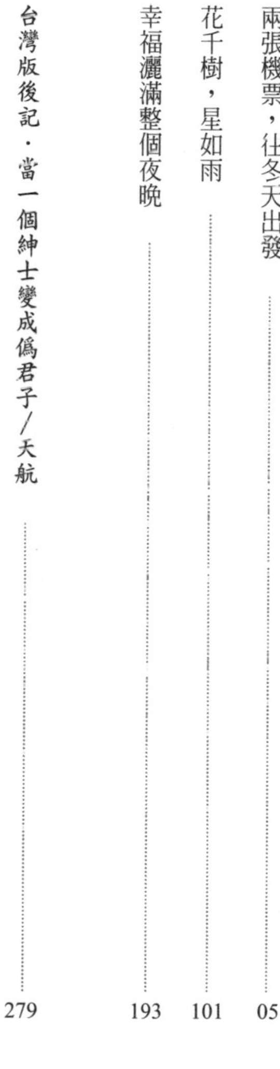

兩張機票，往冬天出發——

不老的東西是甚麼？
是年少輕狂編織出來的夢兒。
他們是一輩子的朋友。
老了，重提舊事，都會一同大笑的朋友。

01 消失的千金

你的青春屬於甚麼季節？

有人會說是春季，有人會說是冬季，也有人會說是雨季……

我們的主人翁就相信，青春是色彩繽紛的花季。

有時是晴天，有時是陰天，有時是下雨天……

偶爾會像個非洲人一樣，天天臉黑過日子，倒楣鬼和窮鬼跟在後面。面色總是像便祕一樣痛苦，因爲要困在監牢一般的圖書館，考試的磨輪擠壓得青春半滴不剩。

只要雨過天晴，彩虹就會出現。

青春亦會在盛陽下如花綻放。

「青春常駐」，也有人會寫成「青春長駐」，總之意思就是：「青春常在我們的心中長駐」。

我們的主人翁是不會老的，就算蒼顏白髮，心仍是不老的。

錢包裡，有一格放照片的夾層，隔著透明塑膠片，展現四張年輕的笑臉。這是用拍立得相機拍的彩色照片，同樣的背景，同樣的人物，一共有四張，都是臨別時的合照，一人一張留作紀念。

照片漸漸褪色，也就是說，歲月流逝了。

冬天的腳步悄悄來到，夏日到了尾聲，秋天彷彿只有匆匆登台的戲分。季節的轉變在這城市就像少女的脾氣，要變就變，毫無先兆可言。現在是十二月中旬，要是置身在四季分明的異域，白雪早已鋪成一張毯子，寂地上疊滿金色的落葉。

可是，在這座城市，眼前只有一堆垃圾桶，寸草不生的高樓峭壁之間，彷彿只有油煙味和烏煙瘴氣，儘管這一帶是寸金寸土的食肆地段。

平均氣溫二十度，這算甚麼冬天？

這個初冬不太冷，人人都說這樣好——

不冷的冬天真的好嗎？

正如沒有苦味的青春，也只是單調無趣的青春。

自從君子街的神祕事件結束，已經過了兩年。

在今夜，君子街的景色就像粵語殘片的畫面，呈現灰褐的色調，了無一點生氣。而毗鄰的商業區卻幻燈熠熠，亮烈得染白了夜空。

時間是無情的，歲月是殘酷的，但再無情殘酷，亦比不上業主的手段。絕情谷只有一個谷主，但這裡有千千萬萬個絕情的業主。只不過短短兩年，很多老店都因爲加租而結業，曾經溫馨的鄰里關係，也因爲各散東西而疏遠。

有個人，正在燈光黯淡的陋巷裡來回踱步。

他推著單車，來到曾經是家門的門口。

——你有沒有偶然經過一個地方，聽到一段旋律，勾起一段回憶，而令你有想哭的衝動？

他仰起頭，望向那扇黯淡無光的窗戶，然後沒精打采，垂頭嘆了口氣。掛在脖子上的耳罩式耳機正播放輕快的音樂，但他的心情沉到了谷底。

「郭泰安！」

朋友們熟悉的叫聲如煙消逝。

兩年前的夏天，他和好朋友曾住在三樓，有過一段奇妙的經歷。

公寓的鑰匙仍在郭泰安的口袋中。

但他當然沒有上去三樓，只要一想就知道，就算再次打開那道門，他也無法再看到昔日同居的朋友。

正如他剛剛經過當時打工的茶餐廳，滿心期待和舊同事聚舊，卻只看到一面貼滿招租廣告的鐵閘，當下整顆心都碎了。

當一座城市連老樹也砍掉，回憶還有甚麼紀念價值？

郭泰安覺得很寂寞。

他現在是大學生，十九歲，青春期的最後一年。

比起兩年前，他瘦了十二公斤，甩掉了肥肉。

網上的個人照一更新，不少人真心讚他變帥。雖然尚未帥到有女生倒追的程度，但他個子本就高大，現在走在街上，有如一株會移動的玉樹，分外出眾，甚至有大嬸主動向他拋媚眼。

儘管如此，郭泰安還是覺得很寂寞。

跟他最要好的密友卓悠，真的說得出做得到，考上了傳說中的哈佛大學。送機的時候，郭泰安送了卓悠一整套《福爾摩斯探案》的影片，叫他參照福爾摩斯和華生這對榜樣，毋忘彼此相濡以沫的友情。

別說是分隔異地的老朋友，即使是同處此城的舊同學，畢業後各忙各的，要約齊人見面的難度，只怕比用鼻子吃拉麵的難度更高。

到了路口，郭泰安停下來，一手扶著單車，一手拿出手機，瞥了瞥時間。

九時正。月亮正圓。

他又看著斜坡下方。

「想當年，我載著心愛的女人，由這條斜坡衝下去，連眉頭也不皺一下……現在，我竟然會腳抖？好，我要挑戰自己，證明自己像以前一樣勇敢！」

郭泰安踩穩了單車腳踏板，看著眼前的下斜坡，終於鼓起傻勁衝下去，沒想到老馬失蹄，差一點就撞向電線桿。

轉了個急彎之後，馳向滿是象形文字招牌的大街，沿著電車軌漫遊，一個個黑色的垃圾袋，包著成群結夥的孤獨便當。

老房子，舊店舖，英殖時期的路牌，彷彿都是歲月的海市蜃樓。

當水點滴落，從晾衣竿抖下來的，原來是老曲的音符。

郭泰安在路上看見一個老婆婆在推車，車上堆滿了拆開壓平的紙箱和一捆扁鋁罐。他於心不忍，便將單車擱在一旁，過去幫她將推車推上行人天橋的斜坡。他趕時間，只能幫個小忙，重新上路之後，那個佝僂的背影盤據在他的腦海。

在這座城市，腳踏實地老是吃虧，投機取巧卻可以不勞而獲。

努力就會有回報嗎？

在這世上，努力未必會有好回報。

愛情就是一個很好的例子。

這兩年，郭泰安依然對蘇小妹一往情深，卻總是朝錯的方向發展，與她的「姊妹情」愈來愈深。

他始終沒有表白的勇氣，只是默默到廟祠拜月老，買了六條姻緣內褲。

蘇小妹傻頭傻腦，生活白痴，書卻唸得不錯，勉強也考上了大學。

一個月前，郭泰安到大學餐廳找她，她的同學知道他的母校是某著名男校，便嚷著要辦聯誼活動。郭泰安對女生沒轍，便接下這樣的差事，趁著寒假前夕芳心孤寂，搞了個五男五女的深夜燒烤活動。

所以，今晚可以見到蘇小妹，郭泰安也滿期待的。

他的願望很卑微。

可以吃到她為他燒的烤雞翅，他就心滿意足了。

樹影幢幢，海風綿綿。

到了十二月，大學的考試期結束，冬季的「SEM BREAK〔註〕」即將開始。好不容易當上大學生，父母再也管不住自己，可以通宵達旦玩到精疲力竭，不洗澡就睡覺，單靠臉上的油光

就可以煎蛋。

海灣旁，松蔭下，燒烤場。

郭泰安仍然騎著單車，一到入口，短褲裡的手機響起鈴聲，還沒接聽，就發現蘇小妹等人站在另一邊的入口。

「嗨！郭大哥！」

眾女如此稱呼郭泰安，嘴巴夠甜，彌補了長相的不足。

只有蘇小妹可以令他心動。

在郭泰安眼中，就算她不化妝，姿色已勝過其餘四個化妝的同學。他陪過她逛街買衣服，知道她只挑便宜貨，一襲連身裙，一件薄外套，都是折完再折的特價品。他知道她這麼節儉，就是爲了存錢買機票，到地球另一邊的加拿大見男朋友。

女生相當準時，男生卻遲到了二十分鐘。

當一輛白色房車停在路邊，郭泰安認出車裡的人，便向那邊招手。與此同時，他在四個單

註：全稱爲「Semester Break」，學期之間的短休假期，香港大學生的普遍叫法。

身女生的眼中，看見了飢渴的目光。

四名中學舊同學提著物資來到燒烤場，掃視了在場女生後，將郭泰安拉到一邊說悄悄話。

「喂，她們都來自『怪獸大學』嗎？你有種介紹這種素質的女生，不怕我們跟你絕交？」

「她們在網上的照片，你們又不是沒檢閱過！」

眾男失望透頂，其中一人不屑地說：「哪想到她們是『照騙美女』！」

「照騙美女」即是在照片上騙人的假美女，多虧了各種修圖軟體，現在輕而易舉就可以發表令人讚好的美圖。

蘇小妹去完洗手間回來，果不其然，只有她能令眾男生眼前一亮。可是郭泰安早就提醒，她已經名花有主，所以大家都恨得牙癢癢的。

郭泰安負責起火，鋪炭的時候，其中一位女生過來搭訕，坐在旁邊的石座。沒記錯的話，她是蘇小妹的同系同學，戴著髮箍，長得不醜，只是放在網上的照片是瘦臉，真人卻是麵包臉，所以才令初次見面的人失望。

她挨近郭泰安，又驚又喜地說：「聽說令尊是那位姓郭的城中富豪！真是難以置信呢！」

郭泰安聞言，心想一定是自己的朋友透露此事。難得有女生主動示好，他卻愛理不理的，好像一頭不解風情的蠻牛，由得她自彈自唱。

不知是否找不到話匣子，她竟然看著他的腿，讚歎道：

「你的腿毛好長喔！」

郭泰安也只是敷衍回答：

「嗯，我為我的腿毛而自豪。」

言畢，她自知吃了閉門羹，一副欲哭無淚的可憐相。

郭泰安頓覺歉疚，終於主動逗她說話：「呃……有時候我真的不明白，女生怎麼都愛自拍，放一些加工過的美圖在網上騙讚？我當然不是在說妳，妳……妳絕對沒有人工添加，就算化了妝，也跟沒化妝一樣……」

他愈說愈錯。

她竟然毫不在意，微笑著回答：

「這樣做，至少可以爭取到一個機會。」

未待郭泰安回話，她又說下去：

「愛情都是由一個偶然的機會開始的。」

這番話有如暮鼓晨鐘，敲響了郭泰安的內心世界。他覺得她的話很有道理，正如那些詐騙電話的騙徒，重複碰釘子，看似很可笑，但現實已經證明，上當的人著實不少。對他來說，這是個很勵志的例子，用來引證創造機會的重要性。

他喜歡小妹這麼久，又何曾爭取過機會呢？

想到這裡，他情不自禁回頭瞄了一眼——

蘇小妹正朝這邊走近。

身旁女生好像看透他的心思，識相站了起來，瞇了瞇單眼，鼓勵道：「女主角要出場啦。你偷瞄她的眼神太明顯啦。郭大哥，好好加油！」

旁觀者清，當局者迷，郭泰安目送她離去，心中五味雜陳。

今夜人多嘈雜，到了現在，難得有了兩人獨處的時光。

蘇小妹一坐下，便向郭泰安道歉：

「要聯絡這麼多人，真是辛苦你了！她們要你辦聯誼，會令你很難做嗎？」

「不會、不會……當紅娘，可以積陰德……」

談話開始不久，蘇小妹就發愁起來，嘆了三口氣，皺了五次眉。郭泰安怎會沒察覺？前幾天在電話裡聊天，他已聽過她傾訴，所以曉得她的心事。

「大學休假兩個星期，妳可以過去找他的。」

這個「他」，指的自是她的初戀男友安東尼。

多年來，她都沒變心，努力維持這段關係。

「唉！我想過去也沒錢啊！上了大學，學費這麼貴，開銷又多，我的積蓄都快見底了……難怪有人一畢業就要申請破產。我真沒用，存了兩年多，也買不起一張到加拿大的機票。」

十二月是旺季，臨近聖誕節，一張往加拿大的來回機票動輒索價過萬港幣，對蘇小妹來說是沉重的負擔。兩個月前，她發現一張經美國轉飛的特價機票，於是特地申請美國簽證，但等到簽證下來，特價機票已經售罄，害她連辦證費也賠了。

安東尼的生日就在月底，她的心願是陪他過聖誕和生日。郭泰安很想幫她，但上了大學之後，他就沒有再跟爸爸要錢——蘇小妹靠自己賺學費，他不想讓她瞧不起，也靠自己賺生活費。

一種相思，兩處閒愁。

這是李清照的詞句。

古人已有長距離戀愛的痛苦，現代人也不能倖免。

正當郭泰安煩惱如何安慰她，鈴聲就響起來了。他看了看來電號碼，顯得十分愕然，接通電話、聊了幾句，就離開石座，到稍遠的圍欄那邊講電話。

蘇小妹瞧著他神祕兮兮的模樣，心中覺得很奇怪。

五分鐘之後，他匆匆回來，耳朵仍貼著手機，單手摸向石爐旁堆置的報紙，翻出了其中一疊。他拿著那疊報紙驚嘆了一聲，腳步又不由自主走向圍欄那邊，好像不想讓別人聽見他的談話內容。

到底發生了甚麼事？

蘇小妹看著他惶惶的表情，還擔心他家中出了事。

眼看爐頭還沒起火，其他男生忍不住過來幫忙，用報紙煽風點火。

不一會，在熊熊火光之中，郭泰安的臉突然出現。

他面色煞白，向大家告辭：

「對不起！人命關天，我有急事要離開了。」

「嗄？人命關天？甚麼事這麼嚴重？」

「抱歉，由於案情複雜，我暫時不能透露。」

郭泰安拋下這句話，就走向馬路那邊。

不知在甚麼時候，來了一輛黑色的七人座大車，後車門徐徐往上掀開。郭泰安將單車放在後面之後，溜到前座，連人帶車匆匆消失在眾人的視線裡。

「他這個人眞是的！」

留下來的男生滿臉不悅。

蘇小妹盯了盯石座，石座上留下他剛剛放下的報紙。

報紙的標題大字，就是當天的新聞頭條：

「**董振中千金離奇失蹤**」

□

當晚的聚會不歡而散，不過男生始終很有風度，開車逐一送女生回家。

寒假開始，蘇小妹本來想睡到自然醒。

可是，她一早就接到郭泰安的來電。

「小妹！抱歉吵醒妳！但發生了不得了的事！我現在就在妳家樓下，請妳下來，我必須跟妳詳談。我保證會給妳一個很大的驚喜！」

他這個人就是亂來……

蘇小妹已見怪不怪，於是隨便梳洗，換好便服，踩著拖鞋，打著呵欠到樓下。郭泰安果然在樓下等她，揹著運動背包，穿著連帽外套，臉上竟是興奮得睡不著的表情。

兩人走入茶餐廳，面對面，在卡座坐下。

郭泰安點了早餐之後，立刻進入正題：

「小妹，接下來我要說一件怪事，此事非常不可思議，妳要先有心理準備。雖然以妳的頭腦一定不可能推理出眞相，但我還是想聽一聽妳的意見。」

「你這是甚麼話！少瞧不起我。」

蘇小妹生氣起來滿面嬌嗔，不但毫無壓迫感，還令郭泰安心中一動。

「我不是瞧不起妳……而是這件事太過離奇，我徹夜失眠，由天黑想到天亮，在枕頭上倒立了半小時，抓破頭也想不出答案。」

「究竟是甚麼怪事？你說吧。」

蘇小妹暗暗下定決心，要是她提出突破盲點的見解，就能還以顏色，教郭泰安甘拜下風。

郭泰安展示早上出爐的報紙，富家獨生女的失蹤案已不是頭版新聞，但內頁還是有半版篇幅的報導，呼籲全港市民提供尋人情報。

「昨晚突然約我見面的人就是董振中伯伯。他與我爸爸相識幾十年，我們兩家人一直是世交。失蹤的這位董千金小時候來我家，我常常陪她玩，算得上童年玩伴。」

「哦……」

雖然蘇小妹早曉得郭泰安乃豪門之後，現在身處茶餐廳，聽他談及這樣的事，感覺還是很不眞實。在她眼中，郭泰安喜歡大排檔和街頭小吃，愛不釋卷的都是漫畫書，的確是她見過最不像富家子的公子。

「她小時候跟我滿要好的，但自從我做了一件錯事，她就經常避開我，基本上算是翻臉……」

「一件錯事？」

郭泰安露出愧疚的表情，以實相告：

「就是……她小時候長得滿胖的，我忍不住取笑她：妳爸這麼有錢，怎麼不給妳錢去整容？」

「你眞壞！你這麼說……眞的非常過分！」

「噯喲，我一直想謝罪，但絕交之後，路上碰面，她又當我是陌生人……她長大後變漂亮了，應該也不介意吧？總之，她現在失蹤，我也很難過。」

郭泰安忽然不發一言，也不知是否在低頭思過。

富家女失蹤的新聞，蘇小妹翻過報紙，大概知道是怎麼回事。董千金——她眞的姓董名千金——三天前離家後便失聯了，警方已列爲失蹤案件。不消多說，這種題材到了傳媒手上，焦點一定落在是否爲綁架案上。

在這個「資本主義」的社會，誰有資本就是人生贏家，蟻民想翻身眞的很難，加上社會上仇富情緒日深，於是就有人動歪腦筋，下手綁架富豪的子女。試問打劫銀行的成功率有多高？殺人販毒詐騙走私……賺到的骯髒錢又夠買房子嗎？要幹，不如幹大的，以有錢人爲目標，追求最高的回報率，這才是眞正的大賊本色！

哪怕失敗了……

監牢裡的生活環境，搞不好比劏房〔註〕更好。

至今，依然毫無董千金的消息。

如果只是單純的失蹤案，以警方遍布全港的龐大警力，爲甚麼還是找不到人？甚至有小市民杯弓蛇影，怪罪到無辜的中國政府頭上。

郭泰安回想昨晚的對話，望著檯面，娓娓道來：

「昨晚董伯伯約我見面，就是想找我幫忙。」

「幫忙？」

蘇小妹感到稀奇，心想郭泰安又不是警察，像董振中這種有頭有臉的大人物，竟然會向他這小伙子求助？

郭泰安也不賣關子，說出原委：

「話說有一次在馬場的包廂吃飯，我把好市民獎的獎狀印成了T恤圖案，穿在身上，董伯伯見了，就問起是怎麼回事。當時我很得意，就把君子街神祕事件的破案經過輕描淡寫地說了一遍。董伯伯聽完，拍手叫好，稱讚我智勇雙全，還封給我一個『神探潘安』的綽號……」

「神探潘安？」

「哈哈，說出來眞丟臉，他本來取的綽號是『神探小安』，我要求帥氣一點，他就索性叫我『神探潘安』。」

蘇小妹心知肚明，其實全憑卓悠的頭腦，才破解了君子街的謎團。郭泰安愛往自己的臉上貼金，這也無傷大雅，畢竟那次全靠他的「淑女拳」，大家才僥倖脫險。

郭泰安繼續說：

「董伯伯的女兒失蹤，他非常無助，想到我或許可以幫忙，便叫司機載我過去面談，他的大宅剛好就在昨天的燒烤場附近。大致上，案情就和報紙寫的一樣，只不過有一點極爲詭異，

註：二十一世紀香港最大建築特色，房東將房子分割成超微型單位出租，面積通常比監牢小，但窮人趨之若鶩。

要是公開，一定震驚全港……」

說話的時候，郭泰安故意壓低聲音，同時東張西望，確保隔牆無耳。

蘇小妹好奇有甚麼內幕，急著問：

「綁匪打電話要贖金啦？」

「不是。直到目前，還不能確定是綁架案。如果是綁架案還好，付錢可以解決。我看，董伯伯反而期待接到綁匪的電話呢！」

「我猜不出來，你直接告訴我吧！」

「哈，我又沒叫妳猜。聽好。」

郭泰安湊近蘇小妹耳邊，輕聲細語：

「當晚董千金沒回家，音信全無，電話又打不通，董伯伯知道一定出事。在聯絡警方之前，他想到女兒有帶手機外出，或許可以透過ＧＰＳ定位系統查出女兒的所在位置。董伯伯立即行動，找了公司ＩＴ部的電腦奇才過來，這位奇才一登入千金的電腦，就發現網頁自動記憶了密碼，於是不費吹灰之力，登入了她的帳號。」

郭泰安換一口氣，才說下去：

「他們一同盯著電腦螢幕，按下網頁上的尋找手機功能……媽呀，結果顯示出一個絕不可

能的位置！電腦奇才再三確認，又在千金房間找到手機的盒子，確定是她使用的手機。手機出廠序號獨一無二，這款手機的製造商又是全球技術最尖端的公司，以電腦奇才所知，定位出錯的機率微乎其微。」

絕不可能的位置？蘇小妹正要問是哪兒，郭泰安就後仰坐回去，「嗦」的一聲打開背包，取出透明文件夾，再抽出一張紙。

就在蘇小妹面前，他展示紙上的內容，驟眼看來是一張街景鳥瞰圖，幾乎滿版都是灰溜溜的房子和停車場，馬路縱橫交錯，像一塊灰色的電路板。整張圖正中央有個紅色的圓點，標示在一幢建築物上，想必就是手機的定位點。

蘇小妹一開始認不出是甚麼地方，瞄到了圖片下方的地址，不禁捂住嘴巴，發出了驚歎的聲音：

「怎麼可能！」

這反應一如郭泰安所料，他用手指壓住圖上的圓點，斬釘截鐵地說：

「就是這裡！」

那地址竟是：

88 MAN STREET, LOS ANGELES

姑且妄譯之，就是「洛杉磯猛男街八十八號」。

蘇小妹大惑不解，忍不住問：

「洛杉磯？是美國的洛杉磯嗎？」

「不是美國的洛杉磯，難道是非洲的洛杉磯嗎？」

「我的意思是……董千金的手機怎會在那邊？」

郭泰安皺起兩條粗眉，繞著臂回答：

「暫時，眞相是一個謎團。我不知道，董伯伯不知道，警察不相信這樣的事。那個地址是一間酒店。會不會是董千金貪玩，自己跑過去那邊？這是我第一時間提出的疑問。但董伯伯不停搖頭，否定了這個假設。」

「爲甚麼？」

「因爲護照就在家裡！沒有護照，根本不可能出境和搭飛機。」

「嗄？會不會……她有另一本護照？」

郭泰安用力搖頭，就像模仿董伯伯昨晚的神情。

「不可能的……董伯伯說，他和女兒都沒有其他國籍，所以護照只有一本。」

蘇小妹想了想，忽然腦袋靈光一閃，說出一個可能性：

「如果報失呢？這樣的話，就有可能有兩本護照。」

「噢……妳有進步呷，想出這個偏門的方法。不過妳想得到的，我也想得到。報警之後，董伯伯向警方提及手機定位的事，但入境處方面的回覆，確定了家中那本護照是唯一有效的護照，他們的系統亦無董千金的出境記錄。」

還有其他可能性嗎？

蘇小妹彷彿突破了盲點，瞎高興地說：

「假護照！她可以用假護照。」

「妳當美國入境審查的職員是白痴嗎？如果是落後國家，用假護照還有可能，但要入境美國，這樣的事難過登天，只有專業罪犯做得到！」

無論怎麼看，董千金都不可能和犯罪組織扯上關係。

甚至連偷渡這種方法，郭泰安也已想過。

但堂堂千金小姐，怎麼可能自願偷渡去美國？即使搭上偷渡工具之王——洗頭艇，又要花多少天才能橫越半個地球抵達美國？

蘇小妹絞盡腦汁，抓亂了髮尾，還是想不出個所以然來。

「我投降啦！這樣的奇案，你應該去找卓悠商量。」

「我昨晚就找過他求救。香港的深夜，他那邊剛好是下午。」

「他怎麼說？」

「他說，單憑目前的線索來看，他想不透。」

蘇小妹一副要揍人的模樣，微嗔道：

「你這傢伙！拿我來笑話嗎？連卓悠也想不透的事，我又怎會想得透呢？」

郭泰安舉起雙手擋住，待她息怒，才說：

「不過，卓悠提出一個見解，認爲手機在美國，不等於董千金人在美國，有可能是有人偷拿了她的手機，當天就搭飛機過去洛杉磯。既然董千金不可能出境，這就是唯一的可能性。」

蘇小妹覺得大有道理，猛然點了點頭。

這時候，郭泰安一聲不響，拿出一個長信封放在檯面。這個信封的底色是白色，印滿了可愛的小紅點圖案，這種圖案亦很適合在內褲上出現。

「聽好！我要說重點了。警方帶走董千金的電腦回去調查，可是在電腦裡找不到有用的線索。這年頭，每個人都是手機族，大部分私密訊息均藏在手機。所以，雖然董大小姐未必在美

國，但只要找到她的手機，就對破案大有幫助。」

聽罷，蘇小妹瞧了瞧信封，又瞧了瞧郭泰安，還是不明白葫蘆裡賣甚麼藥。

「小妹，妳這個SEM BREAK想去旅行嗎？」

「甚麼？」

郭泰安話題一轉，轉到了十萬八千里之外，令她一時之間愣住。他嘻嘻一笑，笑容有種大男人的靦腆，叫她打開信封看一看。

信封裡只有一張紙。

那張紙是一張電子機票，寫著蘇小妹的英文全名。

眞是天大的驚喜！

蘇小妹驚訝地盯著郭泰安。

「昨晚，我猜得到董伯伯的用意，便拍拍胸口，說我樂意效勞，去洛杉磯幫他把手機尋回來。哈哈，一不做，二不休，我順便討價還價——我跟董伯伯說，我需要兩個助手，一個是妳，一個是卓悠。董伯伯立刻答應，叫祕書幫我買機票，住宿伙食全包——全靠我，妳有免費機票去美國啦！我是不是很聰明呢？」

對董伯伯來說，那只是九牛一毛的小錢，最重要是有人肯蹚這一趟渾水，循這條線索追查下去。郭泰安拿到手的衛星定位圖，是來自電腦螢幕的截圖，到警方上門蒐證的時候，已無法再顯示手機的定位狀況。照常理推斷，不是關了機，就是手機電源耗盡。警方堅信董千金不可能離境，並無意調派人手過去那邊調查。

不怕一萬，只怕萬一，董伯伯想起「神探潘安」，在警方尋人不果的情況下，死馬當活馬醫，於是打電話找這位世侄幫忙。郭泰安滿腦鬼主意，當然不會放過這個機會，幫蘇小妹賺到一張機票。

「妳到了美國之後，再買一張轉飛加拿大的廉航機票，就會便宜得多。由於救人要緊，出發日期就在今晚。妳不去的話也不要緊，這張機票可以隨意改期，有效期一年。」

郭泰安搔著頭說。

蘇小妹雙眼水汪汪，笑意盈盈。

「謝謝你。眞的很謝謝你。有你這個朋友眞好……」

表面粗枝大葉的大男孩，竟然有這麼體貼的心思。

她卻不知道，這是因爲他眞心喜歡她，才會處處爲她著想，不惜一切做出傻事。

「小意思！」

郭泰安覺得難爲情，本來別過了目光，又忍不住偷瞄她一眼。她竟然感動得流下了熱淚，

滴到紙上。他見了，胸口一熱，暗自在心裡大喊：「爲了她，我甘願做一個傻瓜！」

就算做不了情人，也可以是最好的朋友——或者是她口中的「好姊妹」。

這就是青春。

不計較付出回報率是零的青春。

兩張機票，冬天之旅啓航。

窗外，有一隻青鳥展開翅膀，彷彿揭開了序章，往暖洋洋的陽光翱翔……

即使在冬天，青春也盛放如花。

02 伴你翱翔

前往機場的路途上，還看得見藍天青山綠水，現在到了登機閘口，一大片寬幅並列的落地窗外，只見烏雲罩頂掩沒天際，天黑得像個翻過來的舊鐵鍋，雨大得就像沸騰開來的水花。

閘口附近的候機區早已人去椅空，二十多排皮革座位大都是空著的。

「前往洛杉磯的航班，現正最後召集……」

蘇小妹氣喘吁吁，盯著前面的郭泰安。就是這個人遲到，害她受到拖累，差點趕不上登機時間。

由機場快線月台急衝到出境大廳，再由航空公司的櫃位奔跑到檢查關卡，過關之後，才驚覺登機閘口在最遠那幢大樓的盡頭，兩人只好化脂肪為力量，不停求人借過，拚命走向那個遙遠的閘口。

郭泰安走在前面，忽然停住，轉身背對著登機閘口。蘇小妹正奇怪他要幹嘛，哪想到他竟然拿出手機，對準顯示登機資訊的螢幕自拍。

他穿著運動外套和休閒短褲，感覺就像是去度假……這副德性的人，會有能力在美國找到

失蹤千金的手機嗎？

「好了，到這裡，他們一定會讓我們上機，不用趕啦。」

郭泰安等蘇小妹追上來，接著一個自以爲帥氣的轉身，向地勤人員遞出機票。

虛驚一場之後，兩人沿著商務艙通道走進了乘客不多的商務客艙。

當蘇小妹安心坐在特大的位子上，那一刻的舒適感令人飄飄然，加上一點點虛榮感，眞是甚麼氣都全消了。

隔壁的郭泰安傻裡傻氣地問：

「有沒有跟我私奔的感覺？」

蘇小妹噗哧一笑，回答：

「鬼才要跟你私奔！從今天早上你突然說買了機票，我都在趕趕趕，回家收拾行李沒多久，就要出門了。你這傢伙又遲到，我的感覺不是私奔，而是——怒奔！」

郭泰安也感到歉疚，一直以爲是深夜的航班，看清楚機票，才發覺起飛時間是傍晚，這麼一來蘇小妹也要跟著他趕赴機場。

客艙內發出廣播，提醒乘客關閉電子產品。

郭泰安聞訊，立時想起：「差點忘啦！我要在出發前打電話給董伯伯。」他趕快撥號，把握機會和董伯伯通話，談了約一分鐘，在空姐過來之前掛線。

郭泰安收起手機，面露憂色，對蘇小妹說：「至今還是毫無消息，眞是離奇。唉！董千金是董伯伯的獨生女、掌上明珠，他一定擔心得很。昨晚見面的時候，他的黑眼圈大得好像被揍了一樣。」

剛剛在等郭泰安的時候，蘇小妹也閱覽了網上新聞，得知警方搜遍了全港鬧市，細覽了監視器畫面，甚至派隊深入山區，結果都是白忙一場。

媒體開始大做文章：如果千金跌落深谷，也差不多要餓死了；如果是謀殺案，處理屍體是一大難題；如果不是壞人幹的，就一定是外星人幹的，當晚的確有本地居民目睹不明飛行物體……不少民眾古道熱腸，在網上轉發尋人啓事，經過連日來的發酵，整件事更加撲朔迷離，也愈來愈多網民加入「鍵盤偵探」的行列，胡說八道揣測眞相。

董千金的手機爲甚麼會在洛杉磯的酒店？

只要解開這個謎團，也許就能揭開眞相。

郭泰安曾向董伯伯保證：「我就是智慧與美貌兼具，君子與淑女的化身——神探郭泰安！相信我就對了！我一定會找到眞相！」

可是，到了飛機衝上雲霄的一刻，郭泰安才終於面對現實，擔心自己能力不足，恐怕未能

完成重任。幸好他天性樂觀，臉皮也夠厚……他懷著希望，只要香港警方盡快破案，這樣一來他就輕鬆得多，等於不費吹灰之力，就賺到了這趟美國之旅。

但如果案情仍然膠著……郭泰安就要加把勁，就算找不到董千金，也要找到她的手機。

等到飛機順利升空，安全帶燈號熄滅，郭泰安立即湊頭過去鄰座，和蘇小妹討論自己的想法。

「我左思右想，撇開靈異事件不提，這件事只有兩個可能性：董千金不是私奔，就一定是被綁架。」

「私奔？怎可能是私奔？」

「一個女子瞞著家人，獨自過去美國，我能想到的合理解釋就是爲了愛情！只有愛情才有這麼大的力量，教一個黃花閨女做出這麼大膽的事！」

蘇小妹聽到此言，不由得臉上一紅。她本來也是要孤身上路，搭乘跨越半個地球的長途航班，只爲了到加拿大的蒙特婁，與朝思暮想的安東尼見面。

乍聞私奔這個說法，蘇小妹半信半疑，想了一想，便問：「咦，你不是說過嗎，她的護照在家裡。沒有護照，又怎麼出境？」

繞來繞去，又回到謎團的核心。郭泰安聳了聳肩，繞著臂說：「剛剛在機場的時候，我不停觀察周圍，看看有沒有通關密道……香港機場不愧是國際級的大機場，機場保安毫無漏洞，即使是特首的女兒，也不能利用特權過關。」

「所以，應該不是私奔吧？」

「既然不是私奔，很有可能是綁架……但我實在想不透，綁匪到底用了甚麼方法，來將一個人送到美國……」

「所以，你覺得她真的身處美國？」

「嗯。憑我淑女般的直覺，我認為是這樣的。」

照卓悠的說法，他幾乎排除董千金人在美國的可能性，但郭泰安有股說不出的感覺，覺得董千金真的身處美國。這樣的想法違反常理，郭泰安以為蘇小妹一定會否決。

沒想到她居然附和：

「我也是這樣想呢！沒理由這麼多天，在香港這麼小的地方，警員還找不到任何線索……我跟你一樣，也覺得董千金離開了香港。」

郭泰安激動不已，聲音有點顫抖：

「哇！心有靈犀！GIVE ME ONE！」

他向蘇小妹伸出了食指。

蘇小妹以前還會尷尬，現在已經見怪不怪，便學他一樣，也伸出了食指，與他的指尖觸碰——這就是郭泰安仿照經典電影《E.T.》，表示和她有默契的特別動作。

「小妹，妳到了美國之後，也不用跟著我和卓悠去追查手機的下落。假期只有短短兩個禮拜，妳甚麼都不用管，買一張廉價機票，立即過去和男友團聚就好。有卓悠陪我，就可以搞定一切。」

蘇小妹沉默半晌，咬了咬唇，意志堅決地說：

「不可以！我不可以為了愛情而丟下朋友。雖然我有點笨，但我眼睛很好，要找東西的話，未必會輸給你們的。」

郭泰安勸了一會，她就是不聽。說真的，郭泰安心裡有點暗喜，但她的心思一一寫在了臉上，他看出她很想跟安東尼見面，獻上生日驚喜。

「妳放心吧！我們都只是瞎猜。搞不好一下機，董千金就回家了，她只是迷路闖進異次元空間……然後，我們就可以自由活動，在國外盡情享受假期！」

聽了這番安慰的話，蘇小妹笑了出來，這一笑令郭泰安的心情飄起來了。

起飛後不久，空姐送來菜單，兩人就在溫暖而狹小的空間裡，盡情享用比得上法國大餐的晚餐。離地萬丈的夜空上，星月與雲海相伴，兩人單耳戴著耳機，舉起酒光熒熒的塑膠杯，笑著對望，一同乾杯。

世界那麼大，年輕人總是想出遊走一走。

年輕人有體力有時間，就是缺錢。

中年人有錢有體力，就是沒時間。

老人有錢有時間，但是不再有年輕的體魄。

所以，年輕人難得有機會，就要向世界出發，看一看這個世界。可以和好朋友同行，更加是錦上添花的旅程，保證是畢生難忘的回憶。

假如咫尺就是天涯，對這個用情至深的小伙子來說，瞬間就是永恆，將來老了回望，也會記住這一刻甜蜜美好的時光。

美好的時光總是像神偷一樣，悄悄溜走，不留腳印。

坐商務艙的好處，就是可以躺著睡覺。

蘇小妹悠悠醒轉的時候，飛機已經在北美洲上空。

再過不久，艙窗上映現出一片絕美的空中夜景，一幢幢如火柴盒砌成的房子圍攏著橘色的燈火，無數個黑色方塊之間，千百條火龍舞動，在遠方漸漸幻變成紫靛色的霓虹。

「好美啊！」

蘇小妹興奮得傻態畢露，扯著郭泰安的手臂咕囔。

雖然郭泰安到過不少地方旅行，卻未曾在飛機上看過這麼美的夜景，身旁還是他的意中人。想到此處，他嘴角上揚，心中有股莫名的勝利感。

洛杉磯和香港的時差是十六個小時，飛機降落洛杉磯國際機場的時間，就跟出發的時間差不多，日期仍然是昨天，所以有賺了一天的錯覺。

飛機順利降落，郭泰安揹著背包，替蘇小妹提行李，享受商務艙乘客的特別待遇，優先離開機艙。在連接航站的空橋上，寒流絲絲竄入，兩人不禁打了個冷顫。但郭泰安還是逞強，脫掉運動外套，披在她的身上。

「你會生病吧？」

「想當年在阿拉斯加打獵的日子，這點冷算甚麼……」

蘇小妹容易受騙，對他的話，經常分不出眞假。

從第一眼望見機場大鐘開始，足足經過一個半小時，兩人才到達行李提領區。

「排隊排好久呢！美國的入境關卡眞的很嚴格，對我問長問短，又要在掃瞄器上蓋指紋……好像特別針對我呢。是不是我在外國人的眼中長得不好看？」

蘇小妹忍不住抱怨。

「哈，正好相反，這代表妳長得好看。」

郭泰安這麼說可是有憑有據，隨即解釋下去：

「單身女性入境美國的確比較困難，怕妳找個老外嫁掉，就留了下來。唔，幸好妳的打扮沒有太暴露，否則別人就會懷疑妳……是不是……賣賣賣……」

蘇小妹再笨，也明白他的暗示，不由得冒出一身冷汗。剛剛她看見有個女人被吩咐走向一個房間，看來是要接受第二輪盤問。

這時候，郭泰安陷入了深思：「我曾經想過，董千金會否先偷渡到大陸的機場，再轉飛美國……問題是，過得了大陸機場檢查那一關，也過不了美國的入境關卡吧？外籍遊客入境美國，十根手指都要按指紋。哪怕錢在某些國家是萬能的，在這裡應該行不通吧……」

他愈想下去，愈覺得董千金不可能來了美國。

現在是晚餐時間，兩人肚子有點餓，便決定先在機場吃飽，再往市區出發。

郭泰安一手拿著漢堡，一手握住智慧型手機，利用機場的無線網路檢查電子信箱。沒有收到董伯伯的新郵件，也就是說，依然沒有董千金的消息，整件事愈來愈令人擔心。

那張可能是關鍵線索的定位地圖就在郭泰安手上。他早就告訴蘇小妹，爲了方便調查，最

好當然是入住「猛男街88號」的酒店，即是手機定位最後出現的地點。

「成了住客，就能在裡面展開地毯式搜索吧？我們假裝自己掉了手機，還可以利用酒店的職員幫忙尋找失物。」

郭泰安咬著吸管，自以為含著菸斗，擺出一副名偵探的架子。

洛杉磯市中心。

猛男街88號。

真相一定就在那裡。

□

在開往市中心的計程車上，蘇小妹倦意全消，目不轉睛盯著車窗外的異國夜景。

她第一次看見外國的月亮，真的覺得又圓又大。她第一次看見這麼寬的高速公路，雙向加起來有十二條車道。車燈爍爍，疾來疾去的幻光有如彗星的尾巴，她覺得好像搭乘太空船，在寧靜的星際間穿梭。

郭泰安不用問，也明白她暗爽的心情。

有免費機票，又有免費酒店，誰不暗爽呢？

很快，高樓密集的遠景驟現眼前，愈變愈大、愈來愈近，當兩旁矗立的大廈遮蔽了車窗裡可見的天空，就是說已來到了市區。

酒店位於市中心，門口不算特別氣派，亮晶晶的招牌和鍍金的門框很有復古風……不，該說酒店本身就是棟老建築，飽歷了紅塵、風霜和時代的洗禮。蘇小妹一抬頭，就看見一排室外樓梯，層層遞上的鋼架，彷彿直達黑夜上方的大月亮。郭泰安在她耳邊哼了一段旋律，她記得是經典電影《第凡內早餐》的主題曲。

直至走入酒店之前，一切都很美好。

明明是鋪著大理石地板的金碧大廳，卻有一種既潮濕又陰沉的氣氛。

是因爲旅遊淡季嗎？大廳裡沒有其他住客，甚麼笑容親切的酒店門僮，更是影兒都沒有。

蘇小妹有種奇怪的感覺，近乎不祥的預感，卡在咽喉，壓在心頭。

郭泰安按了按櫃檯的服務鈴，過了兩分鐘，才有一陣沉重的腳步聲姍姍由隔壁辦公室走出來。是外國人比較開放嗎？本應儀容端莊的酒店接待員，卻塗了紫色眼影，脖子上又有刺青，要是金髮美女還好，可惜對方只是個短髮的胖大姊。

「嗨！這是我的訂房記錄，兩間雙人房。」

「等等。」

郭泰安負責辦理入住手續。

蘇小妹認識他這麼久，直到這一趟旅行，才知道他說得一口流利的英語。

「這是你們的房卡。1301室及1302室，電梯請按十三樓。」

胖大姊了無生氣，一說完，就轉身回辦公室，擺出一副對客人愛理不理的態度。

郭泰安和蘇小妹拖著人行李箱，來到大廳的電梯間。

看來這間酒店眞的是老酒店，大廳經過重新裝潢，電梯的門框和面板卻是舊時代的產物，鏽斑多得好像患了皮膚病。

「電梯老舊可以接受，客房千萬不要太爛啊……」

蘇小妹在心裡默默祈求。

電梯到達，門一開，有個灰色短髮的青年站在裡面。此人其貌不揚，二十來歲，面色白得好像吸血鬼，穿著線條歪七扭八的條紋襯衫。以外國人的身高而言，他的個子偏矮，一頭灰髮應該是染出來的。

這個人按著電梯的開門鍵，竟沒有走出來的意思。

郭泰安暗暗納罕，但還是走進電梯。

蘇小妹亦跟著進電梯，一瞥眼，灰髮青年咬著唇，露出作賊心虛的神態。

很快她就發現是怎麼一回事——

按鈕面板上，一至十四樓的按鈕全部亮燈。

你幾歲啦？玩電梯？蘇小妹雙眼瞪得老大，可是練過的英語髒話不夠多，驚愕之間想不出恰當的罵人話。

「抱歉。我正在做實驗。」

灰髮哥誠心道歉。

「實驗？甚麼實驗？」

郭泰安忍不住問。

灰髮哥嘴角上揚，打量著郭泰安和蘇小妹。

「你們不知道嗎？這幢酒店有隱藏的一層，有些住客失蹤，就是去了那一層……我希望可以找到那一層。」

對方口齒清晰，不難聽懂，亦非言之無物，但就是令人摸不著頭腦……再加上一個詭異的笑容，簡直令人背脊發冷。

郭泰安和蘇小妹面面相覷，沉默了一會。

灰髮哥主動搭話：「你們要上去哪一層？」

郭泰安直言：「十三樓。」

灰髮哥露出了真心羨慕的表情。

「十三樓？哇！你們真幸運，住到最受歡迎的一層！」

「最受歡迎？」

「對啊！聽說這層樓經常發生怪事。我今天在這裡遇見一位作家，他每次入住，都指定要十三樓。他說有一次在酒店門口看過真正的槍戰，真的有人爆頭噴血……我也真想有這樣的體驗！」

因為外國人有幽默感，才敢開這樣的玩笑嗎？

蘇小妹愈想，愈覺得不對勁。

電梯終於到了十三樓，灰髮哥微笑著說：

「祝你好運。好好享受在這裡的時光！」

沒有老鼠、沒有鬼影、沒有怪光……明明眼前是尋常的走廊，只有棗紅色地毯，卻瀰漫著不尋常的氛圍。

電梯門一關上，蘇小妹便目露凶光，牢牢盯著郭泰安，厲聲質問：「你是不是有事瞞著我？」

郭泰安不停眨眼，迴避她的目光。

「我也是訂了酒店之後才發現……這裡的確……的確有點邪門……」

「邪門？」

郭泰安用鼻音低吟，躊躇了好幾秒，才吐出眞相：

「就是……曾經發生過命案。」

「命案？甚麼命案？」

「唔……我口中的命案是眾數，不只一宗呢……在這間酒店發生過的命案，要說的話，一晚未必講得完呢……妳眞的想聽嗎？」

剎那間，蘇小妹有了如夢初醒的感覺，這趟旅程只怕未如想像般的美好。

目光沿著破舊的棗紅色地毯，她望向走廊盡頭的1301號房。

很快，她就要經歷畢生最大的恐怖。

03 惡意警告

西菲利大酒店。

有如一個屹立百年的經典品牌，這間酒店有著悠久的歷史——悠久而「特別駭人」的歷史。

百年來風雨飄搖，幾度易手，多次翻新，光看外觀，仍是一幢有模有樣的老字號酒店，古樸端莊，低調雋永，略帶幾分神祕感，就像個晚禮服下罩著黑色性感內衣的老貴婦。

殊不知……這間酒店有黑暗的一面。

當地人都對酒店所在的這條街有所畏懼，暗地稱之爲「猛鬼街」。正常人避之唯恐不及的地方，偏偏是壞人聚晤的好地點。舉凡黑幫人物、毒販、妓女和恩客……這些人都要房間，都要吃飯，就近的西菲利大酒店就是首選，有人更從此成了酒店的熟客。

半世紀前，洛杉磯曾發生震驚全國的命案，女死者是一名上流社會的交際花。她的死狀非常恐怖，凶手將她的五臟六腑以煎烤煮炸的方式弄熟，再丟到後巷裡餵狗。當時負責調查屍體的警官，有不少都嘔吐過度而虛脫，往後一輩子戒掉了吃肉。

此案至今仍是犯罪史上的大懸案，凶手逍遙法外……

據目擊者的證言，死者活著時最後出現的地點就是在西菲利大酒店的餐廳。不過，沒圖沒眞相，這一切可能只是謠傳，但之後在這裡發生的罪案卻是千眞萬確。

酒店的住客之中，出了不少轟動一時的名人——

例如夜魔殺人狂和胸罩絞刑判官，都是令人聞風喪膽的變態連環殺手，嚇得全城妙齡女士花容失色。

在酒店裡自殺、謀殺、藏屍的案件……歷來「多不勝數」。好事不出門，壞事傳千里，不費一分錢打廣告，這裡「地邪人惡」，漸漸就變成了名勝，人人談起罪惡的溫床，都一定會想起此處。

除此之外，酒店裡經常發生科學無法解釋的住客失蹤懸案……酒店裡的監視器經常拍到靈異畫面。

西菲利就是一間這樣的酒店，一個連洋人警察也畏懼的地方。

倘若有人以爲這樣的酒店入住率不高，他就錯了——這世界頭腦正常的人居多，但頭腦異常的人亦不少。總有人喜歡尋幽探祕，追求恐怖帶來的快感。一生到訪一次西菲利大酒店，對這些人來說就是夢寐以求的回憶。故此，每逢萬聖節，這裡的訂房率都接近120％，據說多出來

的20%是預留給惡靈。

明明酒店的房間裝潢已經很差，廁所設計簡陋，床架吱吱搖晃，電視機還是八〇年代的款式，竟然還會有住客投訴，在網上寫下不滿的評價：

「房間比想像中整潔，好失望！雖然看見了蜘蛛網，晚上有怪聲，客房送餐也引起了食物中毒，但還是欠缺恐怖電影那種應有的氣氛……」

郭泰安蓋上筆記型電腦，擱在床頭几上，雙手枕著後腦，躺在床上望著天花板，打了個大呵欠。

「董千金手機的定位地點竟然是這間鬧鬼酒店？是巧合嗎？這一次是科幻事件，還是靈異事件？」

可能受了時差的影響，他本來就昏昏欲睡，現在滿腦子塞滿了疑問，更是加倍催眠，思考不到一分鐘，就呼呼入睡了。

不知小妹怎麼了……本來還想過去對面的房間關心一下她的狀況，但太累了，他已經爬不起來了……

異國的月光彷彿特別詭異。

到了半夜，郭泰安感到一陣寒意，突然驚醒。

窗口吹來陣陣冷風。

被單掉在地上，應該是他自己踢出去的。

郭泰安打了個哆嗦，翻身下床，走近窗邊關窗，瞥眼間，看見鏡中的自己仍穿著昨天的臭衣服。一年三百六十五日他都習慣半裸睡，難得有一晚忘了脫衣，這種事就像月蝕一樣罕見。

「咦？睡覺前，我有關燈嗎？」

郭泰安十分肯定，在閉上眼小歇前，房間的燈光一直是亮著的。

但現在周圍昏黑一片，視野模糊不清。

這種舊酒店會有全自動節電系統嗎？看來不像。

郭泰安按著胸口，感到不安起來，一顆心怦怦亂跳，驀然間，他回頭一看，察覺了異樣。

房裡有兩張單人床。

他睡在靠窗這一邊的床上，另一張床本來是平鋪的。

現在被單卻隆了起來。

「呀！！！」

郭泰安個子高大，膽子卻很小，來不及細想便驚呼了出來。與此同時，他抓住了杜燈，順勢舉起來，喘著氣，稍微定一定神，接著按下杜燈上的開關。

燈一亮，郭泰安終於瞧清楚了，被單裡的一團東西並非甚麼怪物，而是縮成一團的蘇小妹。他這才想起，入住前曾和她交換多出來的房卡，以便照應對方不時之需。

蘇小妹悠悠仰起臉，屈膝坐在床上，仍然用棉被包住自己。

「嚇了我一跳！妳怎會在這裡！」

「我一個人不敢睡嘛！你還好說！都怪你，訂了這種酒店。」

郭泰安鬆了口氣，瞧著蘇小妹害怕的樣子，一方面心生憐憫，一方面覺得好笑。

「妳有甚麼好怕的？」

「當然是怕……那些不乾淨的東西。」

「別傻了。鬼這東西，在世上根本不存在。我剛剛查過網上留言，很多人特地想來這裡撞鬼，結果都失望而回。」

要是蘇小妹早一點醒來，瞧見郭泰安怕得發慌的窘態，他就無法如此逞強，說出這番面不紅、耳不赤的大話。

蘇小妹想了一想，哭著臉說：

「可是，眞的有怪事發生……我剛剛洗完澡，電話突然響起。我接電話，還以爲是你打來的，然後……對方不說話，發出一下奇怪的噴鼻聲，突然就掛線了。」

「妳懷疑是午夜凶鈴?別傻了,只是有個醉鬼打錯內線吧?」

蘇小妹垂著頭,露出一副可憐相。

「我就是害怕嘛!我進來找你的時候,你已經睡著了,我不好意思吵醒你,便直接躺在這邊的床上睡覺。」

「妳堂堂一個淑女,闖進一個熟男的房間,不怕我報警嗎?」

郭泰安沒放過她,繼續拿她當笑話,但語氣中只有逗笑,並無惡意。

「求求你嘛!今晚……陪我睡……」

蘇小妹未經思考就說出這樣的話,臉上天眞無邪。雖然並無弦外之音,但郭泰安聽到這樣的懇求,整個人幾乎就要融化。

「咳、咳……俺看在妳孤家寡人的份上,今晚批准妳陪睡。」

明明心裡樂翻了,郭泰安還要愛面子,有失君子風度。但蘇小妹累得要命,懶得和他吵,沒多久就睡著了。儘管躲進了夢鄉,那種毛骨悚然的感覺仍揮之不去,她不時露出額頭緊皺的痛苦睡相。

卻不知道,在漆黑中,一顆年輕的心在躍動。

若隱若現的月光就像一小節奏鳴曲。

郭泰安偷瞄著那張俏麗的側臉。

雖然只是同房共寐，但他將會記得，曾經有過美夢。

對很多人來說，夢想應當是很偉大的事情，譬如成爲大明星，譬如賺到第一桶金，譬如到日本征服女優……

對他來說，他的夢想就是她。

□

天下沒有白吃的午餐。

受人錢財，就要替人消災。

第二天，蘇小妹吃完郭泰安買回來的早餐，就要開始偵查行動。

兩人坐在酒店大廳的沙發上，觀察進進出出的住客。

難得來到洛杉磯卻哪裡都去不了，迪士尼樂園、環球影城、好萊塢星光大道……這些著名旅遊景點似乎都與他們無緣，在完成任務之前，他們的活動範圍離不開這間酒店。

「卓悠今天早上還要考試，一考完，他就會過來和我們會合。他特別叮囑不要浪費這段時間，要我們留意有沒有可疑人物。」

手機本屬大眾產品，眾人用同一款手機並不稀奇。董千金貴為富家小姐，她的手機並非尋常貨色，而是全球限量兩百台的「真白金．粉紅玫瑰色版」。好在有這樣的特點，才有一線尋回手機的希望。郭泰安和蘇小妹說好，只要她發現有人拿出閃著粉紅色金光的手機，就要立刻通報。

郭泰安亦問過櫃檯的職員和打掃阿姨，他們都說沒撿過手機，肯定最近一週都沒有這樣的失物。

算起來，董千金已失蹤將近五天，怎可能甚麼消息都沒有？

此事怪哉……

在陌生的異鄉，真的有可能尋回她的手機嗎？

郭泰安自告奮勇來到這裡，已經不能打退堂鼓了，只怪自己信口開河，向董伯伯吹噓自己的偵探頭腦。

在酒店大廳待了兩個小時，來來往往的住客也不少，可疑的人物有幾個——

有三個黑人，貌似黑幫人物，郭泰安實在不敢多盯幾眼。電梯那邊曾出現兩個性感女郎，滿懷自信和誠意地露出胸部，連郭泰安這種看慣黃色級別動作片的男子漢也感到面紅耳赤，不

好意思盯著人家。

當大陸團擁入大廳的時候，郭泰安和蘇小妹都有種置身鬧市購物區的感覺，一支支紅色小旗在眼前晃過。跟團的大叔和大媽其中十數人手上拿的都是與董千金同款的手機，不過卻是金色版本。

風捲殘雲的喧譁過後，耳根終於清靜，兩人才發覺原來酒店大廳很寧靜，沒有播放任何音樂。

郭泰安瞧著蘇小妹的黑眼圈，就知道她昨晚睡不好。

「妳累的話，可以回房間休息，我一個人應付得了。」

蘇小妹搖搖頭，面有難色地說：

「我不想一個人待在房間。剛剛……你出去買東西時，發生一件怪事。門口有怪聲……」

「怪聲？」

「嗯。我不知道該怎麼形容。既像人類又像動物的嘶吼……雖然只有短短數秒，但我真的聽見了……」

「妳別疑神疑鬼好不好！妳只是想多了。」

難怪剛剛郭泰安一回來，蘇小妹會露出欲哭無淚的神情，在此之前她都是嚇得縮成一團吧？雖然平生不做虧心事，但孤魂野鬼也會敲錯門。蘇小妹不是吃不得苦，但她寧願住一星級的爛旅舍，也不想住在這種彷彿隨時會有人頭滾出來的怪酒店。

郭泰安心想，連她也有這樣的想法，董千金嬌生慣養，又怎可能會住在這裡？所以卓悠的推測也許是對的，只是有人偷走了手機，恰巧又來到這間酒店。

這個人會住酒店，也就是說，他很有可能只是旅客。會住在西菲利大酒店的旅客，一般都是預算有限，不然就是個怪人……現在，只好懇求老天保佑，這個人千萬不要太早離開這裡，否則尋回手機的機會就會渺茫得如同大海撈針。

大鐘的時間顯示是上午十一時正，香港那邊的時間是凌晨三點。

這個早上看來是白費工夫。

「這間酒店居然有五百多間客房，眞是見鬼……百無禁忌的客人眞多啊！難怪凶宅一樣搶手。鬼沒甚麼好怕的，窮比見鬼更可怕！」

郭泰安既沮喪，又無奈。

蘇小妹卻沒回應，目光忽然變得相當專注，一直盯著大廳櫃檯。

「妳有甚麼發現嗎？」

郭泰安循著她的目光瞥了瞥，只見櫃檯那邊站著一個華裔的男接待員，就是看不出此人有

甚麼異常。

蘇小妹竟然有點興奮地說：

「你覺不覺得那個男生長得很帥？」

郭泰安悶哼了聲，轉念一想，便說：

「誰啊？我看不到哪裡有帥哥……妳肯定自己看見的是人類嗎？」

蘇小妹愣了愣，才知道受了戲弄，便輕輕捶了他一下。住在這間酒店，她一直提心吊膽，好不容易分心，經郭泰安一說，又想起了讓人不愉快的處境。

櫃檯帥哥發現了兩人的目光，便離開櫃檯，面帶迷人的微笑，一步步走近沙發區，步姿竟有幾分專業模特兒的氣魄。

「嗨，妳好。有甚麼需要幫忙的嗎？」

帥哥竟然說出流利的廣東話。

蘇小妹有點害羞地問：

「啊……你會說廣東話？」

「嗯。我媽媽是香港人。我偶爾會去香港玩，最近才去過一次。我看你們待在這裡好久，所以過來關心一下，有甚麼難題的話，我都樂意幫忙。」

聽到這番話，郭泰安心念一動，瞟向他掛在西裝襟口上的名牌。

強森，這個帥哥的英文名叫強森，一張小白臉好像塗了爽身粉般細嫩。後吹露額的髮型，深邃的大眼睛，加上一八〇以上的極品身材，這樣的帥哥再穿上西裝，簡直就是無數女性意圖侵犯的對象。

「我們……我們在等朋友。」

蘇小妹勉強編出這個理由。

「你們是來美國玩的？」

「嗯。昨晚才到。」

「有甚麼旅遊上的疑問都歡迎來問我。我很愛玩，熟悉洛杉磯的熱門景點。」

強森的笑容很孩子氣，整排牙齒既整齊又潔白。

「我有個問題……不過與旅遊無關……就是，這間酒店鬧鬼嗎？」

蘇小妹問了一個令人尷尬的問題。

強森微微一笑，不知是他腦筋動得快，還是經常遇上這種問題，笑了笑便直接回答：

「我在這裡做了一年多，還沒見過一隻鬼。我記得有句成語，叫作『鬼魂顛倒』，眞的有鬼的話，見到妳也會暈倒的，鬼最怕的就是美女。」

這樣的回答不僅化解客人的憂心，搞不好還可以奪取對方的芳心。郭泰安忍不住暗暗喝采：這個強森的嘴巴很甜！一定是個泡妞高手！

恰巧有客人來辦理退房手續，強森便回了櫃檯那邊。

郭泰安看不順眼，酸溜溜地問：

「妳心裡不是只有安東尼嗎？怎麼對別的男人動心？」

蘇小妹嗔道：

「胡說！我哪裡對他動心？」

「哼！帥哥一句話，就教妳安心啦。」

「人家在這裡工作一年，當然很有說服力。」

郭泰安忽然悶不作聲，認真尋思了一會，便湊近她的耳邊，低聲交談：

「妳剛剛聽見了吧？這個ＡＢＣ很值得懷疑。」

「ＡＢＣ？」

「AMERICAN-BORN CHINESE，就是美籍華僑的意思。這種人最愛在蘭桂坊泡妞，玩完之後，拍拍屁股就回美國。這個強森說他最近去過香港，讓我覺得有嫌疑，說不定就是他偷走董千金的手機。」

「不會吧！他看起來……不像壞人。」

聽到蘇小妹這麼說，郭泰安嗤之以鼻，因嫉妒而成恨，說出一番似是而非的人生道理：

「我以自己的人生經驗告訴妳，有刺青的是君子，穿西裝的最禽獸！我在名校唸書，就見過不少衣冠禽獸，偷手機呀下毒放屁……總之，有些人相貌堂堂，卻是滿肚子壞水。」

蘇小妹偷望了強森一眼，回過頭來問：

「你的推測……要怎麼證明？」

郭泰安說出一個令她意外的答案：

「美人計！」

原來他所謂的美人計，就是叫蘇小妹假裝有意思，主動向強森獻媚，索取手機號碼。郭泰安會在暗中監視，趁對方現身的時候，打一通電話給他，就可以知道這傢伙用甚麼手機。

蘇小妹摸著嘴唇，對郭泰安說：

「我的護唇膏在房間，你陪我上去拿吧！」

「WHAT？」

「我的嘴唇整個破皮，這麼難看，怎麼用美人計呀！」

儘管是大白天，蘇小妹還是不敢一個人回房間。

今天早上她獨留在房，門外傳來嚇人的怪聲，才相隔三個小時，心中仍有陰影。但她實在無法忍耐了，加州的冬季比香港乾燥得多，不塗護唇膏不行。

電梯往上緩升之際，郭泰安腦裡靈光一閃。

「玫瑰金色的手機，一個大男人偷了恐怕也不會用。但我現在想到更好的辦法！我們去問他哪裡買得到玫瑰金的手機。如果他手上有賊贓，難得有大好機會脫手，當然就會立刻賣給我們。」

蘇小妹聽了也覺得這個方法比較妥當，始終自己臉皮薄，跟男生要電話是一件非常丟臉的事。

電梯門一開，眼前是十三樓的樓層號碼。

沿著棗紅色地毯走回房間，兩邊都是老舊的白色木門，只不過重新上漆，換上感應門卡的門鎖。這一切如同懷舊電影的場景，真的讓人有時光倒流的錯覺，在這裡待久了，彷彿會感染十九世紀的某種瘟疫。

蘇小妹渾身都是不舒服的感覺。

昨晚她借住郭泰安的客房，但行李仍然留在對面的1301室。

一打開房門，她就感到不對勁。

房裡竟然有噪音，來自電視旁的座檯式收音機，瀰漫著滋滋沙沙的聲音。

誰做的好事？

蘇小妹肯定自己從來沒碰過那台收音機。

郭泰安率先上前察看，回頭瞥了一眼，同樣露出迷惘的神色。

只聽他用平靜的語氣安慰：「不用怕，應該只是打掃阿姨不小心碰到。」

郭泰安正要伸手關掉收音機，突然間，他向她露出了詭異的表情，伸手拿起一條電線。

「媽呀……收音機的插頭沒有插電……爲甚麼……」

但蘇小妹已聽不進耳裡。

因爲她發現了更可怕的東西——

床上，竟然多了個詭異的木偶，只有巴掌般大小，繫著紅色的蝴蝶領結，嘴角上揚，展現邪惡的笑顏。

誰帶來這麼詭異的木偶？

肯定不是蘇小妹。

郭泰安也猛地搖頭。

就像是木偶發出的警告，有張便條紙擱在短小的木臂之間。

猶如怨靈寫的血色字體，歪歪斜斜映入眼簾：

「GET OUT！」

意思就是：

「滾出去！」

04 自願失蹤

「呀!!!」

隔音很差是這間酒店的特色之一,蘇小妹的尖叫響徹全層。

郭泰安實在想不到,一個小小的木偶竟然嚇得她眼角飆出了淚水,一轉身就投入他的懷抱。他自問是君子,沒有乘機佔便宜,輕輕拉開她的胳膊,好不容易才勸服她睜開雙眼。

他指著床上的小木偶,從容不迫地說:

「妳看清楚,紙條上的血字不是眞的,只不過是番茄醬。我看呀,這很明顯是惡作劇,世上根本沒有鬼,只是有人在裝神弄鬼……」

沒有插電的收音機爲甚麼能運作?

郭泰安乍見如此怪事,也著實嚇了一大跳,但細心檢查收音機,就發現底部有嵌入乾電池的位置。這台機器原來既可插電,亦可透過乾電池供電……所以證明只是虛驚一場。

不管郭泰安如何安慰,蘇小妹還是無法釋懷,心知換不了酒店,便嚷著要換房間。

房門一直開著,不到五分鐘,強森就出現了。他打量了下房裡狀況,等到蘇小妹目光望過

來，才向她慰問：「嗨！你們還好吧？剛剛有住客聽到尖叫聲，打電話向櫃檯通報，我就趕上來看看……」

蘇小妹依然呆呆站著，眼角瞅了瞅床上的木偶。

「我們回來房間就發現床上有這個恐怖的東西！不知道是誰幹的……不會是你們給住客的驚喜吧？」

強森穿著皮鞋進來，湊近床邊看了看，便皺著眉道歉：

「真是抱歉！愚人節還沒到啊……我會負責調查，這種怪事是第一次發生……我也不曉得。這樣好了，你們有需要的話，我可以安排換房間。」

此話正合蘇小妹心意，她簡直求之不得，當下點頭答應。

強森拿出一支白色的智慧型手機，拍下床上情景，接著借用客房電話打到服務台，問了一些問題，磨蹭了一會，才無奈地掛線。

「我問過了。由於門上掛著『DO NOT DISTURB（請勿打擾）』的掛牌，負責打掃的阿姨今早沒有進來，所以也不知情。你們先跟我下去換房卡吧。對了，你們趁現在檢查一下財物，如果沒有損失，我看也不用報警……這樣處理好不好？」

郭泰安立刻回答：

「一切都聽你的好了。」

就這樣，郭泰安和蘇小妹換了新房卡，由十三樓搬到下面的七樓。酒店爲了賠罪，還送來一樓餐廳的餐飲折扣券，服務尚算周到。

如果不是鬧鬼，就一定是有人搞鬼。

問題是……沒有房卡，爲甚麼可以開門？

是隨機嚇人，還是故意針對？

這是警告嗎？

蘇小妹愈想，愈不解，愈心寒。

「請妳別胡思亂想……憋在這裡也太鬱悶了。時間不早了，我們去吃午餐吧，到外面走一走。」

郭泰安不這麼說她也一定會跟著出去，單是想像單獨留在房間的處境，已讓她吃不消。會動的木偶沿窗口爬進來、用浴簾倒吊的女鬼、血水湧出水龍頭、床底伸出乾巴巴的怪手……恐怖電影裡的畫面一再浮現腦海，一股冷森森的感覺壓在她的胸口。

看來是爲了滿足某些客人的需求，酒店的販賣部竟然出售聖水、蒜頭及十字架，郭泰安已答應會買一套「驅魔套裝組」。

走在寬闊的道路，終於有來到外國的感覺。

馬路沒有分隔島，天空彷彿特別高，正午的陽光掛在樹梢。整座城市就像線條明亮的著色本，一抹抹豐沛的色彩塗滿了平房和汽車。

歲月留聲，市中心有不少老店，哪怕是掉漆的舊招牌，亦呈現復古的美感。恰巧有公車駛過，車身是鮮明的橘色，長條狀，車頭的托架上竟然擱著兩架單車。

洛杉磯的冬天比想像中暖和，郭泰安只穿了件帽T，蘇小妹則穿著桃紅色的女版長外套。

蘇小妹站在十字路口，高舉照相機對準號誌燈上的街名牌，按下快門，臉上終於有了笑容。

郭泰安看著酒店正門，又看著她的背影，心中有幾分愧疚。

「今天我請客吧！」

他追上前說。

明明是市中心，卻格外恬靜。

路途上的風景很美。

但最美的還是她。

兩人經過一片片櫥窗，玻璃上的淡淡倒影轉瞬即逝。雖然機票和酒店不用錢，兩人到底是口袋不深的大學生，預算有限之下，吃不起高級餐館，目光只好到處尋找賣漢堡的速食店。

就算董先生說過可以報帳，以現在的調查狀況來看，很有可能一事無成，郭泰安的臉皮再厚，也覺得受之有愧，所以只好盡量省錢。

兩人選了一間裝潢時尚的速食店。

適逢特價優惠，五元美金，可以買到三十塊炸雞塊。

蘇小妹只吃漢堡便已夠飽了，再吃五塊雞塊，胃裡的食物脹得好像快要撐破頭頂，整個人很不舒服，滿嘴都是雞肉的味道。郭泰安食慾旺盛，吃光剩下的二十五塊。她呆望著他吃得津津有味的樣子，心想：「有這麼好吃嗎？」

郭泰安用餐巾紙抹了抹嘴，樂滋滋地說：

「美國的食物分量果然特別大！在一般餐廳吃東西，要付兩成小費，好在速食店不用付小費，不然我們怎麼活下去？」

蘇小妹不禁問起：

「這是你第幾次來美國？」

「三、四……大概第五次吧。在我十六歲之前，全家人平均一年出國度假兩次。」

這種事讓蘇小妹羨慕萬分。

「眞厲害……果然不是一般人家。要不是你，我到現在也沒衝出過亞洲，可能這輩子都沒機會坐商務艙。我爸媽自己開店，每逢假期都要工作，從未帶過全家人出國度假。郭少爺，要委屈你陪我這種平民吃這種速食，眞是過意不去。」

「和家人旅行都比不上現在跟妳開心……」

「爲甚麼？」

郭泰安不小心說溜了心聲，面對蘇小妹直勾勾的目光，登時愣了愣。

「因爲……和父母去旅行，雖不用擔心錢的問題，但我失去了自由！我覺得眞正的旅行應該充滿未知數，偶爾會碰釘子，偶爾會出差錯，而這些都會成爲我和朋友之間的美好回憶。」

「聽起來好像很有道理。」

「唉！有錢人根本不值得妳羨慕。有錢人的家庭都有黑暗的一面，只是妳不知道。」

「譬如？」

這問題難倒了郭泰安，他皺著眉頭，似乎很辛苦才由嘴裡擠出答案：

「譬如……我有兩個姊姊……」

「有兩個姊姊又怎樣？」

「她們都很煩，心腸很壞。我覺得她們都在覬覦爸爸的財產。將來爲了爭產，我們終須一戰……」

蘇小妹聽得乾瞪眼，不過她也習慣了，郭泰安說話就是愛誇張，經常一派胡言，十句話沒半句認眞。

郭泰安暗暗鬆了口氣，幸好她容易受騙，才沒有察覺他的心意。

有一件事他一直瞞著她。

郭泰安吞了吞口水，本來下定決心要說出這件事，卻見她站了起來，說要去洗手間。

速食店裡有免費無線網路，郭泰安坐著也是無聊，便拿出手機連到香港的新聞網站，關心一下董千金失蹤案的進展。

現在正値香港的早上五點，報章上當天的頭條出來了。郭泰安不看還好，一看標題，一對眼球突出，噴出嘴裡的汽水。

「你怎麼了？」

剛好蘇小妹回來，目睹他的怪狀。

郭泰安像聾了一樣沒馬上回應，只是緊盯著手機螢幕。他又像瘋了一樣，一邊眼冒異光，一邊喃喃自語：「怎麼可能……怎麼可能……這到底是怎麼回事……我的心臟受不了……」

等他回過神來，只是光張著嘴，瞪著蘇小妹，一時說不出話。他懶得解釋，直接把手機交

給蘇小妹，讓她過目新聞網頁上的內容。

螢幕上的標題是：

董千金親書報平安

□

這則新聞在今天刊登，事發時間卻是昨天傍晚。

話說董千金失蹤多天，警方飽受輿論壓力，無奈連一絲線索都找不到。

正當案情陷入膠著之際，董振中傍晚回到辦公室，看了看傳真機的收件匣，竟發現收到一張有親筆字跡的黑白文件，來自一個陌生的傳真號碼。

紙上的署名是董千金。

字跡也是她的字跡。

董振中立刻聯絡警方，確定是女兒的親筆信。

信的內文很簡單：

爸：

不用擔心，我在一個安全的地方。

由於不可告人的原因，我暫時不能接聽電話，也不能回家。

總之請向警方銷案，也不必再花時間找我。

勿念。

千金字

失蹤的女兒竟然用傳眞的方式向親人報告行蹤，又主動要求向警方銷案，卻又不能現身，只弄得世人滿腦子問號，案情更加離奇複雜。

單是「不可告人的原因」一句，已引發無數聯想和揣測，道可道，非常道，不可告人的原因自然是非比尋常的原因。

要是事主只是平民百姓，警方當然樂得卸責，收到這樣的信，就可以歸類爲少女離家出走的糾紛，簡簡單單結案。可是董振中是城中有頭有臉的富豪，就算他不施壓，這種富戲劇性的新聞題材傳媒豈會隨便放過？只要董千金本人一天未現身，事情就不會落幕。

自願失蹤？

不管是否眞的，警方一定想過這個可能性，早已調查過董千金的社交圈子，問遍她身邊的同學和朋友，但始終找不到她的藏身地點。董千金的照片已在網上瘋傳，除非她足不出戶，否則一定會有人碰見。尤其在香港這樣的居住環境，大部分大廈樓下都有值班保全，要逃過他們八卦的目光的確很難。

據董振中的說法，近來沒有和女兒發生口角，家傭也不覺得董千金的行爲有異常，所以她離家出走的動機依然成謎。

郭泰安和蘇小妹回到酒店房間，言來言往討論著案情。

「網民大都認爲只是大小姐耍脾氣。小妹，妳有甚麼看法？」

「就算是離家出走，過了這麼多天，鬧出這麼大的亂子，怎可能一通電話也沒有？董千金的性格很叛逆嗎？」

「我認識的董千金是個乖乖女，自小在著名女校唸書，品學兼優，不會做出這麼叛逆的事……董伯伯也是這麼想的。」

郭泰安繞著臂，半個屁股坐在書桌上，盯著窗外的藍天沉思。

蘇小妹靠坐在床頭，墊著一個枕頭，又抱著一個枕頭，倦容滿面，話聲略微遲鈍：

「她會躲在甚麼地方？爲甚麼不能回家？」

「真是匪夷所思！我也想不透。這封親筆信表面上是報平安，實際上只會讓人更擔心。而且，誰會冒險收留她？如果是私奔還有可能……小妹妳是女生，應該比較了解少女的心吧？」

「只有十八歲，不可能私奔的啦。」

「會不會是綁匪故布疑陣？用槍指著她的頭，強逼她寫親筆信，等到警方鬆懈下來，再向董伯伯要求贖金。」

郭泰安這番話亦是部分傳媒的揣測。

不過，警方不是窩囊廢，才不會輕易上當，接獲親筆信後不僅沒取消行動，還藉各路媒體呼籲，繼續徵求董千金的情報。

現在是下午三時，香港那邊天才開始亮，郭泰安不敢擾人清夢，只是用手機傳出一封電郵，懇求董伯伯盡快與他聯絡。

「可惡……想不到會有這樣的發展。看來要知道董千金的下落，非要找到她的手機不可……我們責任重大。小妹？噢……妳已經睡啦？」

儘管尚在疑神疑鬼的陰霾之中，但蘇小妹實在累垮了，又還沒適應時差，撐不了多久就眼皮闔攏，手機從掌心滑到枕頭旁。

她的睡相就像嬰孩一樣，掛著甜絲絲的笑容。

郭泰安看了一會，便過去幫她蓋上棉被。

他嘆了一口氣，躺在另一張床上。

「自己解決不了的難題，就只好靠朋友了。」

這是郭泰安永遠的座右銘。

幫父親看風水的命理專家曾批命，他這個兒子，一生都受到貴人之星的保佑，只要懂得利用朋友，就可以萬事亨通。郭泰安也有這樣的感覺，玩網上遊戲，自己很弱，但抱著超強隊友的大腿，總是可以過關斬將。

郭泰安看看時間，心想卓悠搭乘的航班已經起飛，再過一個鐘頭左右就會降落洛杉磯。

想到有卓悠這個靠山，他就安心了，睡意亦來襲了。

記得窗外的天空很藍。

不知不覺就睡著了。

夢裡花落知多少……

在暗中搞鬼的人也不少。

午睡是人生一大樂事。

郭泰安忘了設定鬧鐘，一覺醒來，望向窗口，才驚覺外面天色已經黑得像墨水。

他抓起手機看時間，雖然感覺睡了很久，事實上卻還不到兩小時。原來洛杉磯一到五點就會天黑，冬日的黑夜特別漫長。

小妹呢？

郭泰安環顧四周，不見蘇小妹的身影，正奇怪她去了甚麼地方，就看到壓在床頭几上的便條紙。

郭泰安對著無人的房間唸出便條上的內容：

「哦……卓悠剛剛傳了訊息給我，他的航班延誤。我到另一間房洗澡……如果過了半小時我還沒回來，請過來找我……她這傢伙，這麼愛洗澡。」

看來她已經克服恐懼，終於敢單獨留在房間……思及這一點，郭泰安微微感到失望，竟想再看看她發抖時的滑稽相。

也不知蘇小妹離開了多久，郭泰安一邊在房裡呆等，一邊滑手機。他也收到卓悠兩個小時前傳來的訊息，告之航班延誤一事，最壞狀況是到了晚上九點才會到達洛杉磯國際機場。

「這麼說的話，就是不用等他吃晚餐……嘻，又是我和小妹的兩人世界。」

郭泰安以「廉價」和「浪漫」爲關鍵詞，搜尋附近的餐廳，網頁還沒有顯示結果，鈴聲就

響起來了，來電顯示是董伯伯的號碼。

對了！香港那邊現在是早上九點多，董伯伯終於看到他的訊息。

「喂？董伯伯，是我，小安……嗯，我看過早上的新聞啦……嗯，我問過酒店櫃檯，暫時沒有手機這樣的失物，不過，我發現一個可疑人物，他在這間酒店工作，最近去過香港……」

郭泰安報告完畢之後，聽到董先生發出一聲嘆息。

「董伯伯，有件事我覺得奇怪……千金幹嘛不打電話給你，而用傳真這種方式？難道她怕挨罵嗎？」

「唉。我也想不明白。雖然發傳真這個方式有點奇怪，但千金有時的確會以這種方式跟我聯繫。」

「眞的假的？我從來沒用過傳眞機……」

「以前我哪懂用手機上網？千金小時候，有一年父親節，她將畫好的生日卡傳眞到我的辦公室，逗得我多高興！自此，千金有心事要告訴我，都會發傳眞……可是我也好久沒收過了，想不到再收到，就是這樣的事。」

父女之間居然有這樣的情趣……郭泰安不由得感到慚愧，自從幼稚園畢業之後，他就沒寫過卡片給父親。

郭泰安在電話裡安慰：

「這樣就好了，收到千金的信，即是表示她現在平安無事。」

「才不是呢！」

董伯伯的反應大得令人吃驚。

「董伯伯……難道又發生了甚麼事？」

「我告訴你一件事，你要保密，千萬別公開。警方再次調查千金的房間，發現了不得了的東西。」

「呃？」

「雖然難以接受……千金也到了有男生追求的年紀。她十月底生日的時候，收到一個跟她一樣高的熊娃娃，眞誇張。她房間夠大，才放得下。」

這也沒甚麼好稀奇的，對付二十歲以下的少女，不是送零食，就是送娃娃。

「這麼大的熊娃娃應該很貴……這個追求者出手很闊綽啊……」

郭泰安誤判了重點，胡言亂語。

接下來，董先生語出驚人：

「警方在熊娃娃裡面發現了竊聽器！」

「甚麼！竊聽器？」

郭泰安怔怔地握住手機，立即明白董伯伯為何如此憂心。

——只怕這並非單純的離家出走事件。

由於警方尚在調查階段，為免打草驚蛇，此事絕對不可外揚。董伯伯又說到，警方一直監視董千金的手機信號，可是至今都沒有連接電訊網路。董千金的親筆信是重要線索，郭泰安得知有複印副本，便拜託董伯伯傳過來。

掛線前，董伯伯寄予厚望，委以重託：

「好的，我會叫祕書將副本轉傳給你。至於熊娃娃是誰送的，警方正在調查……雖然不曉得千金的手機怎麼去了美國，但只要找到手機，就可以知道千金曾和哪些人來往。這一切靠你了，等你的好消息！」

郭泰安結束通話，悃然了好一會。他看了看手機螢幕，才驚覺時候不早了，還有一分鐘就到晚上六時。

「咦！過了大半個小時，小妹怎麼還不回來？」

以前在君子街同居的時候，他統計過每個人的洗澡時間，以自己最久，小妹次之，而卓悠最快。再說，酒店的浴室又殘舊又破爛，正常人根本不會覺得待在裡面是一種享受。

郭泰安擔心起來，便拿著備用磁卡到走廊盡頭的房間找她。

敲門，無人回應。

湊耳貼著木門，裡面靜悄悄的。

開門之後，也聽不見洗澡的聲音，房裡悄無聲息。

郭泰安輕輕掩上門，站在玄關大喊：

「小妹，妳在嗎？」

房裡竟然無人？

她沒理由自己外出吧？

郭泰安正覺奇怪，耳邊就出現細微的嗚咽聲。

嗚咽聲來自房間裡頭，床頭那邊。

再走進去，郭泰安瞧見床上的狀況，整個人登時一怔，膀胱差點漏尿——絕對比瞧見兔女郎在這裡脫衣更加令人震驚。

蘇小妹躺在床上，全身蓋著棉被，只露出一顆頭。

一條牛皮膠帶橫貼在她的嘴上，所以她不能說話，只能發出嗚咽的喉音。

門在這時候自動關上。

玄關旁就是衣櫃，衣櫃的門竟然自動彈開，向外開的櫃門板擋住了唯一的出口。

衣櫃爲甚麼會彈開？

郭泰安尚未想通，已目睹了答案——

有個不算高大的人影從衣櫃裡溜出來，一聲不響地踏上地毯。

郭泰安瞧不清此人的面目，也瞧不出是男是女，因爲此人全身披著黑色斗篷，頭戴撒旦造型的假臉，尖耳齜牙四白眼，面罩連眞人的眼睛也遮住。

管他是牛鬼還是蛇神，在一對一的處境下，郭泰安也會賭一把，嘗試衝出外面呼救。

可是，又有另一個人從衣櫃裡走出來。

這個人同樣披著黑色斗篷，不同的是臉上戴著吸血鬼造型的面罩。

郭泰安不敢亂動。

因爲此人手上握著一把手槍。

05 紙的啟示

在萬聖節派對，撒旦和吸血鬼是很常見的打扮。

但是，在這裡，一般的酒店房間，忽然出現這種打扮的不速之客，這樣的事不僅不尋常，還會讓心臟不好的人病發。

戴著吸血鬼面罩的人向郭泰安發出變調的聲音：

「嘿嘿，我們知道你入住這間酒店的目的，你和你的朋友已經惹上了大麻煩。這是最後的警告：舉高雙手！靠牆！否則開槍！」

聲音怪腔怪調，而且不男不女，應該是經過變聲器處理的人聲。在這麼詭異的氣氛之下，郭泰安聽了不禁起了一身雞皮疙瘩。

在槍口前面，沒有反抗的餘地。

郭泰安面壁的時候，還在精神恍惚的狀態，到稍微定一定神，才醒悟了一件事：「這裡是美國，但剛剛對方講的是廣東話！」

WHY？

難道對方就是綁架董千金的歹徒？

瞧這伙人的手法，大有可能是跨國犯罪集團。

思緒亂成一團之際，郭泰安除了乖乖就範已經別無他法。他感到有人扳住自己的胳膊，就算看不見背後，憑觸感，也曉得歹徒正在用牛皮膠帶縛住自己的雙手。

歹徒猛地一推，郭泰安就倒在床上，趴著身，歪著頭，向鄰床的蘇小妹瞪了瞪眼，目光中有慰問之意，非常在乎她的安危。

不多久，歹徒就將郭泰安五花大綁，手腕、腳踝都纏著牛皮膠帶，再在他嘴巴補貼一條，恰好用光整卷膠帶，做出一顆人肉粽子。郭泰安一直露出無辜的眼神，本想求對方饒命，但已經無法開口說話。

「嘿嘿，好好躺著，明早有人來打掃房間，你們就能脫身。這只是很小的教訓，如果你是聰明人，應該懂得知難而退。聽著！如果你敢報警，我們會立刻回來找你，立刻送你們上西天！掰掰！」

幸好歹徒無意取命，拋下這番恐嚇的話，兩人便轉身離開，消失在郭泰安視線範圍內。

聽到關門的聲音，過了大約一分鐘郭泰安才鬆了口氣，有種撿回一條小命的感覺。

相距半床之隔，郭泰安勉強轉過頭，向蘇小妹乾瞪眼，目光中飽含愧疚之意。要不是他，她也不會被拖下水。不過陷入這樣的處境，以前亦經歷過一次……也許，郭泰安身上有股怪磁場，老是和怪事扯上關係。

雖然雙手雙腳受縛，但郭泰安學過武術，使出一招「蚯蚓功」，成功翻身下床。他趴向另一邊的床，下巴抵住床鋪，咿咿啞啞喊話。蘇小妹會意過來，側身躺著，用背後的雙手掐住他嘴邊的膠帶。郭泰安忍著痛，一下用力甩頭，膠帶應聲撕開，膠帶上至少黏著十根鬍鬚。

「嗄……可以說話了。小妹，妳沒事吧？」

郭泰安也用同樣的手法幫她的嘴巴解封。接下來他想扯開手腳的膠帶，可惜膠帶繞纏得太緊，掙扎了一會也弄不鬆。

蘇小妹欲哭無淚，大吐怨言：

「嗚，爲甚麼跟著你就會遇上這種鳥事！今天早上看見警告的時候，我們應該離開的……嗚，我受不了，我要回家！」

郭泰安沉默得有點異常。

他緩緩坐在床邊的地毯上，慢吞吞地說：

「小妹……今天早上的木偶和恐嚇警告，並不是剛剛那伙人做的。」

「不是他們？你怎麼知道不是他們？」

「因爲……其實是我做的。我一時貪玩，才做出這樣的惡作劇。眞的很對不起！」

說到這裡，郭泰安差點想跪下來求饒。

「你這傢伙！太過分了！」

「對不起！對不起！我也想不到妳的反應會這麼大……一直想找機會求妳原諒。等妳吃飽、心情轉好，我本來要說出口啦……卻鬧出了董千金的新聞，讓我分心……」

「昨晚的惡作劇電話、我早上聽到的門外怪聲……都是你在搞鬼嗎？」

「是的……對不起！我會用我的一生來向妳贖罪。」

「郭泰安，你眞是太差勁了！我永遠不會原諒你的！」

蘇小妹氣鼓鼓地別過了臉，滾到床的另一邊，背對著郭泰安。無論他怎麼道歉，她都不瞅不睬，如同有不共戴大之仇一樣。

郭泰安早知說出眞相就會有這樣的結果，這次眞的玩過火、闖了大禍。但比起讓她息怒，當務之急是向外求援。

打內線電話向櫃檯求救？

郭泰安往床頭几瞥了一眼，發現電話線被拔開了。

幸好手機在褲袋裡，儘管雙手受縛於背後，只要伸展筋骨，打電話應該不成問題。郭泰安如木乃伊般站起，手指往褲袋一撩，就將手機撥到床上。

「這個時間，卓悠下機了嗎？」

郭泰安認眞問話，蘇小妹卻賭氣不回應。

不管如何，他要嘗試打電話給卓悠，當下歪著身，扭著脖子看螢幕，勉強總算撥出電話。他滿心期待聽到電話鈴聲，可是只傳出無法接通的錄音通知，在這節骨眼上，竟然聯絡不上最可靠的救星。

雖然歹徒曾恐嚇不可報警，但郭泰安不太當眞。

「小妹，妳知道美國報警號碼嗎？」

蘇小妹還在惱怒，但她一聞言還是轉過頭來，緊張不安地問：

「你要報警？」

「當然要報警啊！」

「你不怕壞人回來尋仇嗎？」

「這件事牽涉到跨國犯罪集團，光靠我們一定解決不了……事到如今，不找警察，難道要向超人求救嗎？」

郭泰安自以爲勇者無懼，但他的聲音愈說愈低。

「我想起來了！美國的緊急電話是九一一！」

未待蘇小妹回應，郭泰安已經撥出九一一這個求救電話。

他一直以為歹徒已經走了。

突然間，由浴室傳出了馬桶沖水的聲音。

接著是淒厲的叫聲。

戴著吸血鬼面罩的歹徒倏地衝出來，再度出現在房間，嚇得郭泰安面色大變，往後摔了一跤，跌到蘇小妹所在的床上。

歹徒拿起郭泰安的手機，立即掛線。

郭泰安萬萬料不到對方會耍賤招，佯裝開門離去，卻暗自躲在浴室，偷聽他與小妹的對話。

歹徒由斗篷裡伸出右手，右手戴著手套握住槍。

槍口指向郭泰安的額頭，又指向蘇小妹的額頭。

一個人到了生死攸關的時刻，有可能變成縮頭烏龜，亦有可能展現出人性的光輝。郭泰安自知手腳受縛，絕對反抗不了，一咬牙壯膽，竟然挺身掩護蘇小妹，擋在她與槍口之間，一邊發抖，一邊吶喊：「一人做事一人當！這件事與她無關，要殺就殺我吧！」

郭泰安雙眼瞪得老大，誰看到這雙眼睛，都不會懷疑他不怕死的決心。

歹徒忽然問了一句：

「你願意爲她而死？」

「我願意！爲了她，我可以連命也不要！」

郭泰安義無反顧地說。

由於歹徒戴著面罩，自始至終都沒露出表情，喜怒哀樂令人難以捉摸。

沒想到此人竟然打算痛下毒手，惡言相向：

「不行！兩個都要死！」

這間酒店曾發生命案，早就惡名昭彰，現在多死兩個人，似乎也沒甚麼大不了。

郭泰安心慌意亂，臨死之際，回頭瞧向蘇小妹。

就算要死，他也希望，瞳孔上最後的影像是她的臉。

出乎他的意料之外，蘇小妹整張臉紅通通的，一副正在忍笑的模樣。

下一秒，笑聲在房裡炸開。

看到蘇小妹笑得死去活來，郭泰安仍是一臉傻愣愣，驀然想起剛剛吸血鬼面罩下發出的聲

音，雖然怪腔怪調，聽起來卻有點耳熟。

眼前的人拔下吸血鬼面罩。

這張臉竟是卓悠！

郭泰安大怔，左看看蘇小妹，右看看卓悠，頓時如夢初醒——原來從頭到尾就沒有歹徒，這只不過是一場串謀合演的鬧劇。

戴著撒旦面罩的人也出來了，面罩下竟然是張女生的臉，垂下波浪長髮。

郭泰安看了兩眼，才認出是誰，不禁驚呼一聲：「紫貓！」闊別兩年，她已由一個十四歲的小妞，變成黛綠年華的美女，不變的是一對有點狡黠的眼睛。

紫貓向郭泰安打招呼。

「郭大哥，好久不見！」

「妳……為甚麼會在這裡？」

「你忘了嗎？我一直住在加州啊！只有姊姊惦掛著我。看你幹了甚麼好事，弄哭了姊姊，姊姊找我做伴，叫我來陪睡。」

蘇小妹私下聯絡紫貓的事，郭泰安毫不知情。

闊別多時，卓悠也有所改變，換了比較成熟的髮型。

他與郭泰安久別重逢，第一句話就是責罵：

「你這傢伙眞是要不得，竟然裝神弄鬼嚇人。我一收到小妹的訊息，就猜到是你幹的好事。於是，我教小妹一個方法，來拆穿你的西洋鏡。」

郭泰安尷尬得面紅，但心裡好奇，忍不住問：

「甚麼方法？」

卓悠笑咪咪地說：

「我記得你有個習慣，會將購物收據放在外套口袋。我叫小妹找機會搜一搜你的口袋，果然找到一張收據，證明木偶是你買的。」

郭泰安恍然大悟，小妹留在床上的紙條、謊稱航班延誤的訊息……一切都是布局！難怪蘇小妹這麼聰明，看穿他的好事，再以其人之道還治其身……原來全靠卓悠在幕後指點！

當天早上，郭泰安外出買早餐，在超級市場看見特價出清的木偶，便冒出了惡作劇的念頭，一回酒店就擠番茄醬寫字，再假裝若無其事地出現在蘇小妹面前。

他也不是心存惡念，而是年少輕狂，很想趁著這趟難得的旅程製造一些畢生難忘的回憶，殊不知樂極生悲，嚇得蘇小妹幾乎崩潰。

卓悠會懷疑到郭泰安頭上，也是因爲他有前科。唸中學的時候，就聽說他深夜與幾個同學

到墳場探險試膽，這傢伙卻一早暗中作怪，在墓碑上貼上某同學的黑白照片，嚇得同行人屁滾尿流，而這麼缺德的事居然在校內傳爲佳話。

「上得山多終遇虎」，這次郭泰安受到教訓，沒有人會可憐他。

紫貓替蘇小妹出頭，當面直斥其非：

「郭大哥，你帶姊姊入住這種酒店，又開這麼大的玩笑，這番所作所爲簡直人神共憤。我們三個在網上討論之後，一致決定要代替上帝來懲罰你……本來還想命令你脫褲子露屁屁，可惜姊姊忍不住笑，穿幫了，才讓你撿回一點面子。」

郭泰安自知罪有應得，只好自嘲道：

「唉。我這次眞的英名盡喪。妳的演技眞好。」

紫貓笑嘻嘻道：

「這個當然！我現在是學校話劇團的主席，身兼首席女主角。這些面罩和斗篷都是萬聖節公演時的戲服。手槍也是道具……哈，做得夠逼眞吧？」

眼見卓悠在幫蘇小妹剪開膠帶，郭泰安也央求道：

「可以幫我解開膠帶了吧？」

紫貓在旁插嘴：

「還不行。」

「爲甚麼？」

「因爲還有一件事未做。」

語畢，紫貓繞到睡床另一邊，取出藏在衛生紙盒裡的手機，播出一段剛剛偷錄的短片。眾人哈哈大笑，卻弄得郭泰安尷尬難當，忙叫不好和求饒。

詭計多端的紫貓，加上明察秋毫的卓悠，郭泰安這次不認栽也不行了。

但郭泰安仍心有不甘，向卓悠埋怨：

「哼！好朋友，我還以爲你會站在我這一邊，想不到你跟她們一起整我。」

卓悠聳了聳肩，幸災樂禍地說：

「我是站在正義的一邊。正義就是支持弱者。」

剛剛雖然只是一場鬧劇，但郭泰安本性流露，展現出捨己護友的氣魄，這樣的勇氣難能可貴，蘇小妹對他的怒意也因此消了一大半。

他們都是眞正的朋友，眞正的朋友不會互相記仇，只會記得對方做過的糗事。

有時會犯錯，有時會犯傻……

但只要出事，一定會爲對方出頭。

對他們來說，這是一輩子的友情。

□

四人難得重聚，慶祝是指定活動。

郭泰安出示酒店賠償給他的餐飲折扣券。

關於嚇人木偶一事，郭泰安自知鬧大了，早就偷偷溜到櫃檯澄清了誤會。強森負責接待，他好像見怪不怪，豎起手指擱在唇上，小聲說只要在網上給個滿分的評價，酒店方面就此既往不咎，也不會討回已送出的折扣券。

大伙兒就在酒店的餐廳用餐，沒想到佳餚水準奇高，牛排和龍蝦鮮嫩多汁，一吃齒頰留香，隔著玻璃窗引來了流浪狗。

「不少黑幫大哥愛到這裡用餐。以前有位廚師端出難吃的料理，結果被一槍斃命。自此之後，這裡的廚師都戰戰兢兢上班，拚盡全力做菜……」

也不知郭泰安是在瞎掰，還是真有其事。

胡鬧了這麼久，也是時候回到正題，談論董千金的失蹤事件。卓悠細聽郭泰安轉述董先生的話，由一封不尋常的傳真信，說到在大型熊娃娃裡發現的竊聽器。由於此事不可外揚，郭泰安趁著沒有外人在場，才對信賴的朋友全盤托出。

卓悠揉著下巴，向郭泰安問：

「董千金身處美國……你還沒放棄這個想法嗎？」

郭泰安猶豫了一會，才說：

「憑我的第六感，的確有這種感覺……但我從香港來到美國，就發覺過關的難度很高，就算在護照裡塞錢，入境官都不會接受賄賂。唔……就算董千金的老爸是董振中，也不可能行使特權，不用護照就能過關。」

卓悠微微點頭，贊同道：

「就算是強力執法部門也沒有這樣的權力，在不通知香港警方的情況下，將一個人押送出境。要不然，天下就大亂了，市民就會恐慌。更何況，這裡是美國，尤其針對外國人，美國的邊境檢查非常嚴格。」

「所以……你要排除董千金到美國的可能性？」

「是的。」

正巧侍應生送餐點過來，卓悠和郭泰安便暫停對談。

甜品上桌，一共三份，唯獨卓悠不愛吃甜食。

卓悠翻開郭泰安帶來的文件，眼珠飛快速讀，逐頁抽絲剝繭，目光停留最久的是顯示手機定位的街景地圖。

郭泰安也不打擾他，正要挖起最後一口布丁，手機突然響起獅子咆哮的特效音。

他抓起手機螢幕一看，隨即向大伙兒雀躍地說：

「哦！董伯伯的祕書給我回覆了，信件附件是董千金的傳眞信。」

「太好了！給我看看。」

卓悠坐在旁邊，湊頭就看得見手機畫面。

圖像檔顯示四行秀麗的字跡，原文寫在一張白紙上，內容就和傳媒轉載的一樣，字裡行間並無透露個人行蹤。郭泰安看來看去，都看不出有何特別之處。卓悠卻愈看愈入迷，索性奪過手機，聚精會神注視，眼鏡幾乎就要貼上螢幕。

郭泰安、蘇小妹和紫貓面面相覷，都期待卓悠的頭腦大派用場，揭發大多數人都看漏眼的重點。

不過，單憑信上的筆跡，又可以發現甚麼蛛絲馬跡呢？難道可以洞悉當事人寫信時的情緒？她寫這封信，是被逼的，還是自願？如果卓悠連這種事都看得出來，他就眞的是神探了。

卓悠不愧是卓悠，沒有令大家失望。

他好像有了重要的發現，目光驟然大亮。

「郭泰安，我可能要收回剛剛的話了。」

「甚麼？」

「似乎有這樣的可能性，大約是五十五十——董千金真的來到美國了。」

郭泰安感到難以置信，驚歎地問：

「你這也太神了吧！這結論是怎麼得來的？」

卓悠卻笑而不語，中止了對話，在毫無先兆之下離座，走向侍應生。

眾人聽見他向侍應索取當天的特別菜單，更加感到莫名其妙，壓根兒不知他這樣做有何用意。

店家除了供應基本菜色，還會將每日特別菜單列印在白紙上，再夾入高雅的皮套裡呈現。

卓悠回座，指著印著菜單的紙，面向郭泰安和蘇小妹，提出奇怪的問題：

「這張紙有甚麼特別？注意我的問題，重點是紙。」

郭泰安快要把後腦搔出一個洞，還是看不出那張紙有何奇特之處。

蘇小妹懶得多想，直截了當地問：

「這不就是一張普通的紙嗎？材質也沒甚麼特別，就是在文具店買得到的普通白紙。」

這反應在卓悠的意料之內，他不疾不徐地說：

「妳說的沒錯，這只是一張普通的紙，一般列印機的標準用紙。」

眾人正以爲受到糊弄，卓悠卻已有下一步行動。

只見他從郭泰安帶來的文件夾隨便抽出一張紙，攤平放在菜單旁，與菜單上的紙比對。

「這是一張『標準』的白紙，但毫無疑問，這也是一張『標準』的白紙。兩者之間有甚麼差別，你們現在應該看得出來吧？」

並排齊列比較之下，其中的差別立即顯現——

兩張紙的尺寸不一樣，菜單的紙比另一張紙稍短，但僅僅短不到兩公分，沒對齊置放眞的很難用肉眼看得出這細微的差別。

「咦！這張紙有剪裁過嗎？」

蘇小妹指著菜單上的紙發問。

卓悠當下搖了搖頭。

「哦！原來如此！」

紫貓想通了是怎麼一回事，替卓悠解釋：「這張列印菜單的紙，是美國一般規格的用紙，統稱『LETTER SIZE』。而郭泰安帶來的文件，都是『Ａ４』規格的用紙。哈，我也是去過香港，才知道這樣的事。」

卓悠給了紫貓一個讚許的眼神，接下去說：

「就我所知，美國和加拿大兩地普遍採用『LETTER SIZE』這樣的美式標準尺寸。世上絕大多數地區，包括香港，則普遍使用『Ａ４紙』。我不敢說一定買不到，但要在香港買到『LETTER SIZE』的紙，應該不是容易的事，一定大費周章。」

這時候，卓悠拿起郭泰安的手機朝向大家，展示董千金親筆信的圖片，放大了局部細節。

「看！這封信是經過掃描才傳眞出去，憑著細微的色差，可以看出原件尺寸。董先生辦公室的傳眞機預設格式是『Ａ４』，比例不符合，就會自動縮放，所以下面會多出一截空白。由此可見，董千金是在一張『LETTER SIZE』的紙上寫字！」

大伙兒頓時茅塞頓開。

連蘇小妹也理出頭緒，看出整件事的詭異之處：董千金無緣無故，怎會特地用美式尺寸的白紙寫信？不過，假如這是她隨手拈來的信紙，要讓這件事變得合理，唯一的解釋，就是說她正置身在一個普遍常用這種紙的國家。

再參照之前手機的衛星定位結果，這個國家很有可能就是美國。

「要百分之百斷言董千金來到美國，現在還很難說。也有可能是莫名其妙的原因，她弄到了一張美式尺寸的白紙。總之，我現在不會排除她在美國的可能性。只是我實在想不通，她明明沒帶護照，怎麼可能入境？這件事大有內情……」

卓悠有種預感，只要解開這個謎團，就會找到真相。

三個臭皮匠，加上一個諸葛亮，就沒有破不了的奇案。

煩惱一掃而空，郭泰安信心大增，興高采烈地說：

「君子街偵探團全員集合！」

郭泰安、卓悠、蘇小妹和紫貓。

兩男兩女，四個人。

時光彷彿倒流到兩年前，那間窗格敞著黃光的公寓裡。

長大之後，有些朋友久別重逢，談的不是股票，就是吹噓炒樓的成就，互相比較、炫耀和嫉妒。

但有了郭泰安他們這樣的朋友，你一定不會覺得無趣和苦悶。

儘管天各一方，久久不見一面，只要聚首一堂，昔日美好的感覺自然暖透心頭。

青春是短暫的。

在短暫的青春裡，他們找到了重要的友情，一同冒險，一同共患難，一同做過荒唐可笑的事，在歲月裡留下一起走過的痕跡。

死前，你會在乎銀行的存款總額嗎？

不會的。

到了那時，你只會在乎自己有多少朋友——

老了，重提舊事，都會跟你一同大笑的老朋友。

花千樹，星如雨

輕風拂過金樹銀枝，那晚的夜空降下星雨。
世間萬千的變幻，都無法抹走這一剎。
下一次，在你影子旁看星星的，
仍會是我的影子嗎？

06 槲寄生之吻

彷彿目睹了魔術般的戲法，當蘇小妹走出電梯，面向酒店大廳，昨天空蕩蕩的大廳中央竟然多了一株高大的聖誕樹，金葉銀枝，頂部的星飾一閃一閃。

耳邊是自小就聽過的聖誕歌。

「由於有客人投訴，酒店決定要放聖誕樹……撿的是庫存貨，省了不少錢，酒店管理層眞會精打細算。這個聖誕，妳想好去哪裡過嗎？」

酒店職員強森恰好搬裝飾品過來，手推車上堆滿假禮盒，看見蘇小妹滿臉憧憬的表情，便向她搭上兩句話。

下週就是聖誕節。

這是蘇小妹最喜歡的節日，就算是重複播放的聖誕歌，她都百聽不膩。

中式節日似乎都很俗氣：過年的重點是壓歲錢，端午節令人聯想到溺死的浮屍，清明節和重陽節都和墳墓有關，七夕和中秋都是愛侶不得善終的悲劇。肉粽、月餅、年糕……包裝做得再精美也好，這些食品油膩膩的，比起薑餅屋實在差得多。

蘇小妹呆呆站在金色的聖誕樹下面。

記得兒時的聖誕節，父母工作深夜打烊之後，就會帶她去看燈飾。沿著燈火闌珊的廟街一路走到尖沙咀海傍，五光十色的燈飾映入惺忪的睡眼，紅的洋燭、綠的飾球、藍的雪人、七彩馴鹿……那一大片映照在海港的光影，恍若鏡花水月，構成一座幻城。

那時候，滿街都是香港人，人人昂首闊步看燈飾。

那年頭，五支旗桿飄揚……

聖誕節是最浪漫的節日。

對她來說，這個節日意義重大。

正當蘇小妹沉醉在紅光綠影的回憶，驀然間，有人在背後喊話：

「嗨！這位美女，MERRY CHRISTMAS……妳要『MARRY』我嗎？」

這個爛到令人髮指的冷笑話，和這個熟悉的聲音，毫無疑問出自郭泰安口中。

當蘇小妹轉身，不由得嚇了一跳。

「你……」

她捂住嘴巴，上上下下打量著郭泰安。

郭泰安穿著紳士式的深灰色長褸，圍著飄逸的圍巾，頭髮平整向下梳，這副模樣就像個文

藝少年，與平日的打扮大相逕庭。

原來昨晚紫貓看見郭泰安，稱讚他減肥後變帥了，但覺得哪裡不對勁，想了想，就指出問題出在衣著上面，便給了一些穿衣服的意見。

蘇小妹眼前一亮，向郭泰安問：

「衣服哪來的？」

「我從卓悠的行李箱借來的。」

言下之意……好像未經卓悠的同意，就擅取了卓悠的大衣和圍巾。

昨天卓悠抵達之後，大家分住兩間客房，當然是郭泰安和卓悠同處一室，蘇小妹和紫貓住在另一間。由於尚未解開董十金失蹤之謎，大家都不能出外玩，只能悶在酒店裡，翻閱旅遊景點的宣傳單。

蘇小妹和郭泰安轉換了監視地點，坐在二樓的咖啡桌，隔著扶手圍欄，可以看見樓下出入電梯的房客，還有大廳那株兩層樓高的金色聖誕樹。咖啡桌上擱著筆記型電腦，還有一堆隨便印出來的大學課堂筆記，兩人佯裝趕功課的模樣。

Santa Claus is Coming to Town——

耳邊響起了這首著名的聖誕歌。

蘇小妹聊起了聖誕節的童年回憶：

「我覺得自己很笨呢！一直到了十二歲，才知道聖誕老人的眞相，之前都是爸爸偷偷把禮物放入襪子裡。你呢？你是甚麼時候發現聖誕老人是假的？」

「我小學一年級的時候。」

「怎麼發現的？」

「小卓告訴我的……他的解釋對我造成童年陰影，我一直都忘不了。」

「童年陰影？」

郭泰安拿出手機，用計算機功能算出一些數字之後，才慢慢說下去：

「他說，地球有七十億人口，其中大約20％未滿十歲，也就是說全球有十四億個小朋友。根據全世界人口普查的統計資料，每個家庭約有3.5個小朋友，這樣的話，就是說有四億個家庭等著聖誕老人拜訪。由於時差和國際換日線的關係，在平安夜這一晚，聖誕老人的工作時間最多只有三十一個小時。」

「……」

「假設每個家庭之間相隔一公里，聖誕老人需要移動的距離就是四億公里。四億公里除以三十一個小時，聖誕老人的秒速必須達到三五八四公里，才能在當晚送完所有禮物。這個速度

大約是音速的一萬倍，如果聖誕老人以這個速度移動，就會產生『音爆』的衝擊波，地面上的一切就會毀滅……所以，世上根本不可能有聖誕老人。」

蘇小妹聽得暈頭轉向，很懷疑卓悠到底有沒有童年……不過，據新聞所述，香港現在的小學生都要面對很難的面試題目，例如「蝦子煮熟後爲甚麼變色？」、「水熊蟲是甚麼？」……

蘇小妹覺得自己的智商比不上小童。

不過，她寧願自己笨一點，活在一個充滿童眞的世界。

如果現實是殘酷的，爲甚麼不可以逃避現實？

在她這個年紀的女生，滿腦子應該是浪漫的想像。

蘇小妹翻著學英語會話的小書，看到一個有趣的段落，忽然向郭泰安問：

「KISSING UNDER THE MISTLETOE……這句英文，你知道是甚麼意思嗎？」

郭泰安自問英文好，卻被蘇小妹考倒了。

蘇小妹指著掛在牆上的東西——

很常見的聖誕花環。

「花環上的綠色植物，就是MISTLETOE了，中文叫槲寄生。」

「妳這麼說，我好像有印象了。」

「西方有個傳統，就是每逢聖誕節，就要在槲寄生下接吻。年輕男子有親吻女子的特權，女生不得拒絕，否則之後一整年都會倒楣……」

郭泰安默默無言，但他臉紅心跳，腦裡冒出了畫面。

如果……

傻小子的白日夢還沒開始，瞬間便被吹散。

蘇小妹羞答答地說：

「安東尼的生日就是在平安夜的翌日。到時候，如果可以在他身邊就好了，兩個相愛的人在槲寄生下接吻，一定會得到幸福……」

對她來說，聖誕節意義重大。

因爲聖誕節等於安東尼的生日。

在十二月二十四那一晚，她想給他一個驚喜，在他的生日派對上出現，所以隱瞞已到外國一事。她認識幾個安東尼的同學，在網上一直保持聯絡，現在只盼盡快完成任務，趕在聖誕前夕搭飛機過去蒙特婁。

「他是在馬槽裡出生嗎？耶穌這個英文名比較適合他吧！」

郭泰安悶哼了一聲，自以爲很有幽默感，但她根本沒在聽。

蘇小妹正盯著手機螢幕上的合照，戀人的合照。

有一種聲音總是出現，但她總是聽不見——

那是他心碎的聲音。

□

在樓上的酒店房間，卓悠正苦惱著。

董千金沒帶護照，怎可能通過入境檢查？

難道她用了假護照？

動機是甚麼？

爲甚麼她的臥室裡會有竊聽器？

如果是綁架案，犯人又是如何哄騙董千金上當，讓她自願搭飛機過來美國？

爲甚麼她不打電話，卻用傳眞的方式和爸爸聯絡？傳眞是由網上服務發出，很難追查源頭，這一點亦令人倍生懷疑。

家中女傭是最後一個看見董千金的人，當時千金穿著毛衣和緊身長褲，打扮和平時外出逛街無異，但出門之後就沒有再回來了。

瓜子臉、杏兒眼、旁分長髮、花瓣一般的薄唇、著名女校的制服——這是董千金在三個月前拍的學生照。

卓悠盯著鋪在桌面上的便條紙，每張便條都寫著一個疑問。牆上貼滿了和案情相關的文檔和新聞剪報，整個房間變成了查案的辦公室，亦是這個四人偵探團的基地。

郭泰安和蘇小妹負責駐守大廳，監視進進出出的可疑人物。紫貓則拿著尋人傳單，到處問人有沒有見過董千金。而卓悠逐層搜索，一一走遍住客可以通行的地方，包括公用廚房、健身室和商務中心。

窗外，天黑了。

卓悠已經住進酒店一天，但調查毫無進展。

「難道我的想法全錯？董千金根本沒來美國？」

思緒就像鑽進了死胡同，鑽來鑽去都找不到出口。

這時候，出現門鎖解鈕的聲音。

卓悠側首一看，果然是郭泰安，果然是他偷拿了自己的大衣和圍巾。

「小卓！陪我喝酒！」

郭泰安一臉霉氣，就像輸光了一切的賭徒。他手上沒有酒瓶，而是拿著兩個玻璃杯，臂彎則抱住一個裝滿冰塊的冰桶。

不辦正事搞破壞……卓悠早就習慣了他這副德性。

「我勸你打消這個念頭。在美國，合法的喝酒年齡是二十一歲，這邊規定很嚴格，你是買不到酒的。」

沒想到郭泰安咭咭一笑，似乎早有準備，打開牆邊的行李箱，翻開亂七八糟的衣物，抽出了一瓶威士忌。

「這是我老爸的珍藏。」

「你這傢伙……帶酒過關，要是被抓到，你就麻煩了。」

「管他的！我要一醉解千愁。」

卓悠覺得再說也是多餘，郭泰安這個人天生就是亂來……瞥眼間，在他的行李箱之中，居然還有雙截棍這樣的違禁品。

朋友愁腸百結，卓悠卻漠視不理，別過了臉。

「現在不是鬧情緒的時候！等我們辦好正經事，再一起開這瓶酒慶祝吧！」

卓悠沉思時，最討厭被人打斷，所以他的反應相當冷淡，對郭泰安幼稚的行爲視若無睹。

少了郭泰安的嗓音，房間恢復了片刻的安靜。正當卓悠重讀案頭的剪報，背後卻傳來了吱吱咯咯的怪聲。

卓悠回頭一看，發現郭泰安就像個大白痴，側身捲著棉被，從床頭滾到床尾，再由床尾滾回去床頭。

「你在幹嘛？」

「人肉壽司卷。」

郭泰安只穿著一件白背心，光著兩條胳膊，樣子非常滑稽。

卓悠搖著頭失笑，有點受不了，只好答應：

「好啦！我陪你喝酒啦！只限一杯！」

郭泰安立即站起來，倒滿了兩杯威士忌。房裡有零食，正好當下酒菜，郭泰安喝了一口酒，卓悠跟著淺嚐了一口。

自從卓悠到美國留學，兩人已經很久沒面對面聊天。

酒後，郭泰安開始吐眞言：

「我覺得自己很卑鄙。我的目的是灌醉你，這樣就能拖延破案的時間，讓小妹見不到她的男朋友。」

「幫她實現心願，讓她和男友過聖誕，不是你想做的事嗎？」

「我知道，可是……聖誕節，親自送上門的火雞，一定會被吃得一根骨頭也不剩……」

聽到郭泰安這個比喻，卓悠雙眼瞇成了一直線。

「我有個預感，這次小妹見到她的男友，我就會永遠失去她……」

「你曾經擁有過她嗎？」

這番話，好像往郭泰安心口捅了一刀，讓他露出歪臉歪嘴的可憐相。不下十遍，卓悠聽過同一番心事，郭泰安總是說要死心，到最後又忸怩作態地說：「哈！我對她就是死心……塌地嘛！」

卓悠舉起酒杯，並無嘲笑之意，向郭泰安敬酒。

「我還以為你已經想通了，才幫她到這邊找男朋友。這一點我真的很佩服你，真的很夠朋友，既然不能給她幸福，就只好給她祝福。」

「唉！我就是爛好人！小時候，我讀的那些童話故事都教我只要做一個純情專一的男人，就能找到一個真心愛他的女人。」

「這沒錯啊。」

「當我長大後，讀了很多愛情小說，才知道如果一個男人又壞又不專一，他就能得到很多個女人的歡心。」

「這個道理……也沒錯。」

「一個男人將所有的愛放在一個女人身上,如果這個女人不愛他,這個男人就會一無所有……」

郭泰安忽然捏緊酒杯,氣憤難平地說:

「但我就是放不下!過去兩年,我都在等她和男友分手……如果讓我早一點認識她就好了!我就有機會和那個安東尼公平競爭……」

教師、護士、修女、便利商店的姊姊……在郭泰安眾多苦戀對象之中,蘇小妹確實是最久的。這樣說下去就會沒完沒了,卓悠不想再被牽著鼻子走,直接切入重點:

「過去兩年,你有表達過自己的愛意嗎?」

「我……我有暗示……但小妹太笨,沒有察覺……」

「即是說,你一直都在逃避,不斷給自己失敗的藉口。你這種心態,就算當初給你競爭的機會,你還是會輸掉的。」

「難道我表白,就會有機會嗎?」

「唔……坦白說,我看得出來,現在小妹與你之間只有友情。」

郭泰安愈聽愈傷心，大口大口喝酒，很快就喝光了威士忌，玻璃杯滴酒不剩，杯底映照出一張愁苦的臉。

「果然，連你都這麼說，我和小妹就是不可能！」

卓悠是個現實的人。

他想了想，便舉出一個現實的例子，來解開郭泰安的心結。

「你知道嗎？以前美國有個傻子，想做一件人人都認爲不可能成功的事。這個傻子叫華盛頓，他發動反殖民地戰爭，要挑戰英國軍隊。十八世紀的英國很強大，更糟糕的是，華盛頓是個帶兵的庸才，屢戰屢敗。」

「華盛頓？你說的是美國第一任總統？」

「對。人人都嘲笑他，覺得他註定失敗。但他不知哪來的傻勁，臉皮厚得像鐵板一樣，用溜跑戰術拖延，拖延到英國人都不想打下去，結果他意外地取得一勝——那一勝發生在聖誕節，華盛頓用大約兩千五百兵去偷襲敵方的一千兵。雖然是一場很爛的戰役，但歷史學家一致認爲，就是這一次意外的勝利，帶給全部人民信心，明白『不可能』只是偏見，機會只屬於有勇氣的人。」

一時之間，郭泰安還沒有聽懂。

卓悠說出一番發人深省的話：

「就是一個傻子的堅持，世上就有了一個國家，這個國家就是美國。一般人總是用理性去分析結果，覺得會失敗就不會去做。但傻子不一樣，他們只是追隨內心最真摯的信念，所以他們看得見一般人看不見的意義。」

卓悠捎來桌上的便條紙，寫下一個英文單詞：

IMPOSSIBLE

接著，卓悠在「I」和「M」之間補加一點，又在「M」和「P」之間加了一條底線。

便條紙上的英文單詞看起來就是：

I'M_POSSIBLE

詞義完全顛倒，由「不可能」變成「我能的」。

郭泰安心中一動，湧出了一股熱流。

「小卓……我還以爲你會勸我死心。」

「我勸你死心，你眞的會死心嗎？我認識的郭泰安是個厚臉皮的傻子，臉皮對他來說是多餘的人體組織。重點是你的心，勇敢做傻事，FOLLOW YOUR HEART！」

「我愛死你了！」

郭泰安眼泛淚光，未經卓悠同意，就撲過去緊緊擁抱著他。

與此同時，蘇小妹掀開了門，看著床上的兩人，自覺看了不該看的東西。原來剛剛郭泰安忘了鎖門，留了一條門縫，她才沒敲門就進來。

蘇小妹別過了臉，閉著眼說：

「呃……不好意思！」

「妳誤會了啦……」

「我只是來借轉接插頭的，剛剛甚麼也沒看見。」

蘇小妹腆著臉離開。

儘管她來得不是時候，郭泰安咬了咬牙，忽然下定決心。

他追了出去，與她踏足在同一條紅地毯上。

彷彿使盡了全身力氣，他向著她的背影大喊：

「小妹！請等等！我有話要對妳說。」

蘇小妹站住，回眸盯著郭泰安。

郭泰安只穿著一件白背心，光著兩條胳膊。帶著幾分醉意的衝動，他沒有逃避她的目光。

「我喜歡妳——」

他終於說出口了。

07 電梯靈異錄像

「我喜歡妳——」

郭泰安這番爆炸性的示愛宣言，彷彿震響了紅地毯上的每道木門。

這一次他真的豁出去了，嗓門接近最高音量，而且餘音未了，最後一個「妳」字纏繞在聲帶上，變成了繞廊回音似的拖長音。

蘇小妹怔怔地與郭泰安對望，

她會有甚麼回應呢？

「這傢伙終於說了。」

卓悠也替郭泰安緊張起來。

劇情好像發展得有點快，但郭泰安在她身邊等了兩年多，如今這種情感就像火山岩漿積蓄的能量，一噴而不可收拾。

郭泰安的肺活量很大，尾音竟然拖長了好幾秒。

尾音陡然變調一落，猶如逼近斷崖的汽車突然煞停，剩下的一口氣迴環轉折，硬湊入狗尾續貂的一句話：

「妳——妳——李小龍！」

在最後一刻，郭泰安退縮了。

聽在蘇小妹耳裡，整句話的意思只是「我喜歡李小龍」。

「嗬唷～唷～～」

郭泰安還故意打了一套拳，成功掩飾尷尬和蒙混過去。

「哈！你喝醉了嗎？」

蘇小妹噗哧一笑，沒有半點懷疑，只當郭泰安在搞笑。郭泰安擠出了靦腆的傻笑，右手搔了搔發麻的頭皮，暗暗鬆了口氣。

「我好睏，要睡了。GOOD NIGHT！明天見。」

蘇小妹還沒調適好時差，整天都在發睏。

郭泰安目送她回房間，直到房門關上，才收起強裝出來的笑容。

不知何時，卓悠已站在他的身旁。

「郭泰安，你很令我失望。」

卓悠的額頭真的冒出了冷汗。

「你剛剛不是說過，華盛頓是靠拖延戰術取勝的嗎？愛情就是一場消耗戰……到了我有十足把握的時候，就會拔出我的『痴心情長劍』，奪取她的芳心。」

郭泰安這番話毫無說服力。

卓悠懶得再理會這種拖拖拉拉的感情閒事。

兩人正要回房，卻瞥見紫貓由電梯出來。

她匆匆走過來，面有喜色，後面跟著一個灰髮的小哥。郭泰安認得此人，就是入住時搭電梯遇見的怪人。這個人面容瘦削蒼白，長得像吸血鬼，如果殯儀館有屍體失蹤，這種人一定在嫌疑犯之列。

「好消息！這個人有可能見過董千金。」

紫貓得意忘形地說。

卓悠目光大亮，他吩咐她拿傳單尋人，果然沒有所託非人，漁翁撒網的方式奏效，這一次甚至有可能釣到了意想不到的大魚。

灰髮小哥原來叫賈斯汀，彼此握手打招呼，隨即進入正題。

原來在十二月十四日當晚，賈斯汀在酒店櫃檯辦理入住手續，不經意望向電梯那一邊，就看見一個疑似董千金的女子。

卓悠拿來一份文件，向賈斯汀展示董千金的近照。

「你確定自己看見的是她嗎？」

「我也不是很確定……」

賈斯汀明顯在猶豫。

在外國人眼中，亞洲人都長得差不多，彷彿套著同樣的人臉。證人的記憶常常有誤，卓悠必須細加盤問，才能確保情報無誤。

「她是長髮還是短髮？」

「我不知道。」

「你不知道？」

「因爲她戴著毛帽。她也一直戴著太陽眼鏡，恰好拿下太陽眼鏡，我才瞟了她一眼。」

卓悠皺了皺眉，再問下去：

「她還有甚麼特徵，你能想起來嗎？」

「她拿著一支玫瑰金的手機……限量版型號。我對電子產品很有研究，肯定不會看錯。」

說起來，雖然賈斯汀有很時尚的髮型，但他身上散發出毒男的氣質。這種人熟悉電子產品，如同品酒師精於評鑑紅酒，只憑一眼就能判斷出手機型號，甚至能說出其出廠年分。

卓悠和郭泰安對望一眼，難掩驚喜之色，覺得這次眞是走運，遇上了貴人。

據賈斯汀憶述，他當晚看見的女子穿著紅褸，兩頰泛起紅暈，貌似化了淡妝，神情優游自在，彷彿是來酒店和情人幽會一樣。她的身邊沒有其他人，看起來不像受到威脅。

卓悠追問一個重要的細節：

「你記得當晚看見她的時間嗎？」

「大約是十點左右……」

「你有沒有保留酒店的入住憑據？」

這句話提醒了賈斯汀，只要找到入住憑據，就會知道準確的入住時間，即是當晚他在櫃檯辦完手續的時間。

卓悠一副成竹在胸的模樣，向眾人說：

「只要知道確切的時間，就有辦法揭開那個女人的眞面目。」

言畢，他指著走廊上方的監視器鏡頭。

□

賈斯汀回房之後，不久就回來，手上拿著入住憑據。

十時十二分。

這是他在櫃檯辦完手續的時間。

賈斯汀跟著郭泰安和紫貓，下去酒店大廳，卓悠已站在電梯口等待。

卓悠身旁還站著一個中年發福的禿頭男人，穿著制服，手上拿著對講機，看來是酒店的警衛。用不著本人介紹，只要瞟向他胸襟上的名牌，就會知道他的名字叫史密斯。史密斯笑容滿面，伸出友善之手，看來是個很好相處的人。

卓悠雙手插在褲袋，好整以暇地說：

「史密斯答應讓我們看監視器的錄影。」

就像在玩解謎遊戲，眾人跟著走往同層的監控室。

郭泰安湊近卓悠耳邊，用廣東話問：

「你是怎麼說服他的？」

「我跟他說，我們是私人偵探團，正在調查人命關天的失蹤案件。剛好剪報有英文版，我給他看了看，又出示哈佛大學的學生證，他就相信我了。」

「這麼簡單就說服他？」

「就是這麼簡單。對一個平凡人來說，這是成爲英雄的機會。」

郭泰安只感到難以置信，但卓悠和紫貓卻習慣了這樣的事。

在香港，沒有規定可以做的，就是不可以做。

但在外國，沒有規定不可以做的，就是可以做。

他們這次也算得上運氣好，遇上比較率性的警衛，這個史密斯大哥一臉和藹，走路時大步豪邁，看起來是個古道熱腸的好人。他好像很興奮的樣子，似乎找到了樂子。警衛這份工作有多無聊，也許只有公車司機才能理解……

史密斯拿著門禁感應卡，「嗶」的一聲開門。

眼前就是酒店的監視器監控室，室內空間和一般客房差不多，六個ＬＣＤ螢幕分成兩排吊掛在牆上，同一個畫面分割爲十六個小格，即時顯示監視器的影像。這套系統看起來功能齊全，比起房裡的舊式電視機至少先進了三十年。

六個螢幕前有一張大桌，桌上有一組電腦，直立的螢幕處於待機狀態。

史密斯坐到椅子上，開始登入操作，其他人就站在他的背後。

「你們要查甚麼時間的記錄？」

「十二月十四日，晚上十時十分。」

賈斯汀盯著手上的入住憑據回答，比辦完手續的時間提早了兩分鐘。

史密斯笨拙地敲鍵盤，原來這套錄影保安系統相當方便，只要輸入指定的日期和時間，再輸入監視器的編號，就能重現該時段的錄影片段。

「有了！」

郭泰安喊出一聲。

畫面重播當時酒店大廳的錄影片段，果然和賈斯汀說的一樣，他當時正在櫃檯辦理入住手續。大約二十秒後，有個紅褸女人背著鏡頭走向電梯區，由於她一直沒有回頭，鏡頭只拍到她的背影。這個紅褸女人戴著毛帽，因此蓋住了髮型，而她腳下穿著一雙長靴，單憑影片判斷不了身高，但身形和董千金吻合。

同一個時間點，史密斯切換到較接近電梯間的鏡頭。

由放大了的畫面可見，紅褸女人等電梯的時候，拿出了手機來玩，而她的手機貞的是玫瑰金的顏色！

眾人拭目以待，但畫面中人一直背對鏡頭，沒露出過正臉。

「進電梯，就一定會拍到她的臉。」

史密斯說得很有把握。

其他人只要看一看牆上的即時監視畫面，就會知道電梯裡的鏡頭對準電梯門，除非一個人倒退步入電梯，否則鏡頭一定會拍到他的臉。

當畫面中的女人走進電梯，史密斯按下了暫停鍵。

影片定格的時間是十時十二分零八秒。

史密斯調出電梯內的錄影記錄，設定由十時十二分開始播放。

同樣的時間，同一台電梯，門開了。

門開著。

一秒、兩秒……十秒、二十秒……沒有人進來。

電梯的門關上了，畫面是靜音的，但眾人彷彿都聽見了「砰」的關門聲。

「怎會這樣？人呢？」

不僅是郭泰安感到吃驚，其他人都看得目瞪口呆，無法解釋剛剛看見的影像。

「不好意思，我搞錯了電梯編號。哈哈。」

史密斯沒有這麼說，有違眾人的期待。

他卻擺出一張嚴肅認真的臉，牢牢盯著螢幕，就像正在凝視色情雜誌上的裸女圖，鉅細靡遺看著每一個細節。他的神態告訴其他人，剛剛絕對沒有選錯錄像片段。

史密斯搖了搖頭，乾脆來個徹底求證，連續播出其他電梯在同一時段的錄影，結果都是一樣，都不見紅褸女人的蹤影。

在場這麼多雙眼睛都沒有看漏眼。

這就是所謂的人間蒸發。

女人眞的不見了！

媽呀！這是甚麼鬼故事！

如果一部推理小說突然變調爲靈異小說，相信讀者一定氣憤得想撕書。

但卓悠不相信這種事，便向史密斯說：

「請你再重播一次最初那台電梯的錄影。」

史密斯照做，這一次還啓用了特殊功能，畫面分割爲兩邊，一邊是紅褸女人走進電梯時的情景，一邊是電梯裡連鬼影也不見半個的影像。

「噢！天呀！」

紫貓揉了揉眼，似乎懷疑自己的眼睛。

郭泰安懵然不解是怎麼一回事，還未問出口，就看見賈斯汀指著螢幕上的一點，同樣露出疑懼的表情。

史密斯不由自主重播一次。

這一次郭泰安瞳孔放大，睜著金睛火眼，注意剛剛賈斯汀所指的位置。

然後他看見了騷靈一般的現象——

電梯裡明明一個人也沒有，但控制面板上的樓層按鈕忽然亮起黃燈！雖然影像不夠清晰，但旁人勉強可以看出，亮燈的一格是十三樓。

酒店的電梯是正常的電梯，郭泰安搭過很多次，即使有人在外面的樓層按鍵，電梯內部亦不會自動亮燈。

「這間酒店……果然有點邪門。」

郭泰安渾身顫慄，聲音有點顫抖。

紫貓的眼神是疑惑的，史密斯的眼神充滿了焦慮。

賈斯汀竟然興奮得眼冒紅絲，似乎以爲遇到了期待已久的靈異事件。

卓悠卻露出怪笑。

接著，他像發瘋了一樣，情不自禁地大笑。

「哈哈！眞是太有趣了！」

眾人一臉不解地瞧著卓悠。

卓悠的眸子清澈明亮,完全沒有中邪的跡象。

「你笑甚麼?」

郭泰安這麼問的時候,暗地裡寬心了不少。

甚麼靈異事件,卓悠只覺得是鬼扯一通,壓根兒不相信。他直截了當說出結論:「有人刪改了這段電梯的錄像,所以才出現這種不連貫的畫面。」

紫貓「哦」的一聲回應,然後又問:

「爲甚麼要這樣做?」

「因爲這個人可能突然發現,董千金的手機透露了她的行蹤。要是我們有了董千金在這裡露面的錄像,我們就會向警方報案,所以他要消除所有拍到她正面的片段。」

以前的監視器畫面,儲存媒介都是一盒盒的錄影帶,難以加插剪輯過的片段。現在錄影系統電子化之後,影片演變成電腦檔案的格式,反而容易被人竄改。

不過,犯人的剪接技巧未免太爛了吧?

未待其他人問起,卓悠已解說下去:

「要不是我們這麼留心,也不會發現畫面上忽然亮燈的細節。犯人可能是粗心大意,但也

有可能是想做出和其他錄像吻合的效果。別忘了，酒店大廳的錄影，可是拍到了電梯面板，電梯到了哪一層，都會顯示在面板上。」

史密斯會意過來，切換到酒店大廳的鏡頭，繼續播放紅褸女人進電梯後的錄影，電梯面板顯示往上升的樓層數字，最後果然停留在十三樓。

這時，賈斯汀忍不住問：

「看來眞有人動了手腳。但是他既然做得到，爲甚麼不一併改掉酒店大廳的錄影片段？」

卓悠立刻回答：

「他不是不想改，而是做不到。你看看，酒店大廳有甚麼？」

眾人目光隨著卓悠的手指移動。

原來酒店大廳掛了一塊新年倒數的裝飾看板，顯示距離新年的剩餘日子。此外，鏡頭還捕捉到酒店櫃檯的壁鐘，秒針每一刻都在轉動。

熟悉影片編輯軟體的人都曉得，要在影片右下角加上捏造的日期和時間，這並非甚麼難事，但要編輯動態畫面就麻煩多了。

「我猜，犯人改動完電梯裡的錄像，才發現難以改動酒店大廳的錄像。所以，他索性放棄了。不過，就算是這樣，他也達到了最大的目的——抹掉了紅褸女人的眞面目！」

紅褸女人就是董千金嗎？

欲蓋彌彰，就是掩飾這個眞相嗎？

假如確有其事，又會衍生出更多疑問。

調查暫時告一段落，離開監控室後，卓悠和郭泰安回到房間，繼續討論案情。卓悠用手機錄下了螢幕畫面，再重看酒店大廳的片段，儘管鏡頭裡只有紅褸女人的背影，憑她走路時姍姍的神態，加上賈斯汀的證詞，可見她並無受到脅持。

「由此看來，董千金是自願來到美國。問題是——她爲甚麼要這麼做？」

「所以，這件事不是綁架案？」

「也不一定。如果有犯人，他可能有辦法騙她搭飛機，等她來到這間酒店，再下手綁架她……這樣做也是有可能的。」

卓悠參觀過香港警方的控制中心，曉得香港的大街小巷都布滿監控鏡頭。相比之下，要在洛杉磯綁架和藏匿一個人，自然容易得多，亦可故布疑陣，將香港警方騙得團團轉。

郭泰安覺得自己的預感成眞，不禁興奮大叫：

「私奔！一定是私奔！」

卓悠一邊沉思，一邊點頭。

「我不排除這個可能性。」

事情往意想不到的方向發展，出現了突破性的曙光。

儘管已是深夜，卓悠毫無睏意，目光神采飛揚。

「有一件事一定錯不了——董千金能來到美國，一定有人從旁協助。這個人能刪改酒店的錄影片段，很大可能就是這間酒店的員工，又或者有酒店員工和他串通。」

強森——

郭泰安立刻聯想到這個人。

別說是入世未深的黃花閨女，就算是夜夜流連蘭桂坊的熟女，都會很容易對這種帥哥心動。

卓悠也聽過強森的事，但他不會太早蓋棺定論，一個人一旦有了成見，就等於罩上了蒙眼布，讓自己看不清楚真相。

不管如何，多虧這個幸運的發現，大大縮小了搜索範圍，證明他們正在朝正確的方向調查，水落石出應該指日可待。

現在，卓悠偏向相信一個難以置信的事實——董千金真的來到美國，而且曾經逗留在西菲利大酒店。

問題是：她現在到了哪裡？

是死？是活？

董千金失蹤至今，已經過了七天，這七天之間，甚麼事都有可能發生。

卓悠面有憂色，眉頭緊皺。

他抬頭望向貼滿文件和剪報的牆壁，其中有一則發生在西菲利大酒店的懸案。

曾經有少女在這裡離奇失蹤，當時洛杉磯警方來這邊搜查。

十九天後，當警方終於找到她的時候，她已經是一具冰冷浮腫的屍體。

08 影子情人

郭泰安初上大學不久，曾應徵過家教老師，上門教小朋友英文。

他是名校出身，又說得一口流利的英語，很快就受到僱用。

時薪四百港幣，地點在高級住宅區，環境清幽，對一個資歷不深的大學生來說，這是一份難以拒絕的優差。

郭泰安第一次上門，還假惺惺穿上一套MADE IN ITALY的西裝。

佛靠金裝，人靠衣裝，這個道理誰不懂？小朋友見了，也會對他刮目相看，自然就會尊師重道。

女屋主帶郭泰安進去兒子的房間。

這是郭泰安第一次看見他的家教對象——

一個一歲半的小朋友，胯下依然包著紙尿褲。

雖然郭泰安早有所聞，現在的嬰孩假如出生在僞中產的家庭，十一個月大就要接受幼稚園的面試。

嬰孩的中文名叫「灝翾」，兩個字郭泰安都不會唸。郭泰安心生同情，如果有一天這孩子要罰抄自己的名字，這是多麼殘忍的事情？他只好用英文稱呼，不過也好不了多少，嬰孩的英文名叫「BARTHOLOMEW」……雖然不算難唸，但每次唸出來都覺得很拗口，所以索性幫他改了「咪咪」這個乳名。

郭泰安用他的那一套來教「咪咪」講英語：

「A FOR ASS，B FOR BRA，C FOR CONDOM，D FOR……」

結果，他才授課三天，就被解僱了。

臨走時，他還破口大罵：「簡直欺人太甚！哪有這麼恐怖的家長，在房間安裝隱藏式監視器，侵犯我的隱私……我這次眞是大意了！英名盡喪！」

郭泰安畢竟是男人，也有自尊心，如此被解僱，簡直是人生的污點。他家境超級富裕，本來只要向雙親伸手，零用錢就會到手。但他眼見蘇小妹勤勉做兼職，於是也有樣學樣，要靠自己賺學費和生活費。

他要成爲一個她瞧得起的男人。

「香港這個鬼地方，要討生活眞不容易啊……」

當天，郭泰安傳出網上短訊，向蘇小妹傾訴「懷才不遇」的感慨。

本來預留給家教的時間，變得無事可幹，便孤伶伶在街上浪蕩。像他這種男人啊，要是無聊，連鼻涕都能拿來玩。在他用鼻涕吹出泡泡的一刻，竟然接到她的電話，她說下午有空，可以陪他去看電影解悶。

當天，兩人一同看了一齣文藝電影。

想不到電影裡有男女裸露的親熱片段，郭泰安感到臉上一陣發燙，但蘇小妹卻表現得若無其事。

她在他耳邊小聲地說：

「我有經驗……」

「妳有經驗？」

郭泰安驚愕得差點咬斷舌頭。

「嗯。我和中學同學十八歲的時候，曾經一起買票看限制級的電影，紀念我們的成年。」

原來是他會錯意……

昔日播放「純黃色限制級影片」的電影院已經絕跡，蘇小妹當時和同學去看的，只不過是殺來殺去之間加插淫亂劇情的暴力影片。

離開電影院之後，蘇小妹帶他逛廟街。

在喧譁的攤販之間，他追逐她的身影。

最後，兩人在大排檔點了菜，她教他吃瀨尿蝦。郭泰安拋開所有餐桌禮儀，露出小孩般的吃相。

男朋友不在身邊，她把他當成代替品了嗎？

不是的。

男與女之間，也可以有一種真摯的感情，介於朋友與情人之間。

「友達以上，戀人未滿。」

這就是郭泰安看日本漫畫學會的說法。

他的心就像冰淇淋一樣。

只要她一笑，他的心就融化了。

郭泰安痴痴看著她。

他一直追求的，就是這種如同密友般的愛情關係。

另一半是你永恆的愛人，也是你永遠最好的朋友，彼此有種頻率相近的默契。

不須裝模作樣，也不必強顏歡笑，兩人一相處就會笑聲不斷。

城裡的月光照在回憶的深處，歡樂的笑聲停留在心上。

世間萬千的變幻，都無法抹走這一剎。

餐桌旁、寂路裡外、霓虹燈下……

在一起繞過的牆上，總會有兩個相疊的影子。

□

地上有兩條影子。

一個是卓悠的，一個是郭泰安的。

剛剛，郭泰安過去酒店櫃檯幫卓悠借了口紅膠和剪刀回來。在明亮的大廳，郭泰安一直看著卓悠剪剪貼貼，就是不知他在幹甚麼。

直到完工的一刻，郭泰安終於看懂了，原來成品是一條軟尺。卓悠在附近買不到軟尺，便上網下載ＤＩＹ的模版，利用商務中心的列印服務，成功造出有準確刻度的紙製軟尺。

「好了！我們過去電梯那邊吧！」

就這樣，卓悠拿著自製的軟尺，由沙發椅站了起來。

郭泰安一臉惑然地問：

「你要量甚麼？」

卓悠沒直說答案，卻打啞謎似地問：

「在美國，有些便利商店的門框上會有奇怪的數字，通常是『5、6、7、8、9』的標記，一格格由上而下，就像印在門框上的刻度。你猜得出有甚麼作用嗎？」

這麼說來，郭泰安剛剛去便利商店買零食，眞的好像看見門上有這樣的數字方格，每個格塊的顏色都不一樣，垂直一條黏貼在自動門的門框。

卓悠揭曉答案，解釋這個生活小常識：

「如果有人搶劫便利商店，門上的標示就像一把尺，當警方觀看監視器的錄影畫面，就能立刻判定歹徒的身高。『5』至『9』，分別代表一百五至一百九的高度。」

郭泰安恍然大悟，喉頭發出「哦」的一聲，漸漸想通卓悠製作軟尺的意圖。

「一個人可以戴假髮和易容瞞過他人眼睛……而所有身體特徵中，身高是最難揑造的。」

卓悠說話的同時，將軟尺貼近電梯門框，叫郭泰安按住上端，接著親自從那一點拉到地面。

「透過錄影片段可見紅褸女人經過電梯門時，她的頭頂恰好與這塊避難指示牌的頂端對齊……等我看一看……高度是一百七十公分。」

卓悠瀏覽手機裡的記錄，若有所思地說：

「當時紅褸女人穿著靴子，鞋跟大約是三公分。減去鞋跟的高度，就是一百六十七公分……與董千金身高吻合。」

「所以，紅褸女人一定就是董千金嘍？」

「嗯。大概吧。」

卓悠擔心被誤導，所以必須確定這件事。

現在的日期是十二月十九日，董千金已經失蹤了八天，香港那邊沒有任何新消息，市民亦淡忘了這件事。

昨晚在監控室看完錄像之後，卓悠拜託史密斯幫忙，看看有沒有其他拍到紅褸女人的畫面。史密斯是個熱心的大好人，趁著值班空檔調查同一晚的錄像。結果，今早卓悠再找他的時候，他只是搖著頭說毫無發現，恐怕酒店的內鬼已徹底動了手腳。

卓悠暗自揣測，既然已經打草驚蛇，犯人早該察覺此處並非久留之地，很有可能已將董千金移離這間酒店。

郭泰安和卓悠沿著大廳的階級上樓，買了兩杯熱咖啡。

兩人倚著木欄，同時望向樓下櫃檯的壁鐘，時間是下午三點半，應該快到強森的值班時間。根據連日來的調查，酒店員工之中，符合「年輕」、「帥氣」和「亞裔」三項條件的男性，只有強森一個，所以郭泰安咬定他就是董千金的「影子情人」。

「要騙一個富家千金偷偷出境，瞞著爸爸來到美國，只有愛情才會有這麼大的力量！怎樣？我們要派人跟蹤強森嗎？」

卓悠抱著比較開放的態度，並不排除同性戀和異國戀的可能。就算加入這樣的條件，他要鎖定的酒店職員也只有三個人。

「不過……如果有共犯，或者那個『影子情人』背後有個犯罪組織，我們就會看漏眼。對了，董先生怎麼回應？」

「我向董伯伯報告了情況。他感到難以置信，但還是相信我的說法，更希望我們可以揪出那個『影子情人』。可是，他很疑惑，因爲他從來沒有干預女兒的戀愛，所以女兒沒理由和男人私奔……不過，以我所知，董伯伯對女兒的管教很嚴厲，董千金會叛逆也不奇怪。當然，也有可能是情場騙子的手法太高超。」

卓悠提出心中最大的疑問：

「我始終想不通，董千金沒帶護照，怎麼可以通過入境檢查？」

「答案很簡單！我早就想通了。」

「很簡單？」

「就是用假護照嘛！你這個人就愛鑽牛角尖。我勸你別多想，眞相往往就是這麼簡單。」

假護照……

卓悠不排除這個可能。美國邊境與墨西哥接壤，由洛杉磯開車去墨西哥也只不過兩個多小時的車程。先偷渡到墨西哥，再出邊境檢查站進入美國，這樣做也許會比較容易過關吧？

卓悠嘆了口氣，提出另一個疑問：

「竊聽器方面有沒有查出甚麼？」

郭泰安滿臉不悅地說：

「甚麼屁都查不到。香港警方循綁架案的方向調查，誰送給千金那隻巨熊，就是最大的嫌疑犯……」

說到這裡，郭泰安忽然住嘴，因爲他看見紫貓出現在樓下。她穿著紫色長裙，如無頭蒼蠅般晃來晃去，神色惶惶，東張西望，一副在尋人的模樣。

「紫貓！」

郭泰安由二樓往下面喊。

紫貓匆匆走上大廳的階梯，與兩人會合之後，喘著氣問：「你們有見到姊姊嗎？」

郭泰安怔了一怔，反問：

「妳不是一直跟她一起嗎？」

「今天早上九點，我和姊姊在房間吃完早餐，我離開了一會，回到房間時，姊姊已經不見啦……我還以爲卓悠有特別任務給她。」

「嗄？怎會這樣……我一整天沒見到她，以爲她貪睡，變成了豬的朋友……」

這個早上，卓悠採取「放牛式」的自由調查方針，他自己到十三樓逛來逛去，趁著清潔阿姨打掃的時間，偷窺門戶大開的房間。郭泰安則在房裡呼呼大睡，一直睡到正午才醒來。

由九點開始，就沒有人再見過蘇小妹。

她去了哪裡？

紫貓、卓悠和郭泰安輪流說話：

「如果姊姊外出，她沒理由不講一聲……」

「無論如何，失聯了六個小時，這樣的事太不尋常。」

「不會是出了意外吧？這酒店……也許有變態色魔。」

眾人很快有了共識：

「先找找看吧！」

一波未平，一波又起，又有一個妙齡少女在這間酒店失蹤……要是蘇小妹有甚麼三長兩短，郭泰安一定難過得要出家當和尚。

卓悠叮嚀紫貓留在大廳，然後他和郭泰安上去尋人。

蘇小妹為了省錢，沒有購買美國當地的電話卡，也沒有申請國際漫遊的服務。如果連不上Wi-Fi網絡，她的手機就不能上網。截至目前，她都沒有回覆任何短訊。

第一步，先調查蘇小妹的房間……

郭泰安和卓悠發現，原來小妹沒帶走手機，插著充電器的手機擱在床頭几上。兩人繞了一圈，沒發現透露行蹤的線索。

「她連錢包也沒帶，應該走不遠。」

卓悠愈想，愈覺得不對勁。

郭泰安大失理性，打開了衣櫃，又打開了冰箱。

「那麼小的冰箱，如果小妹在裡面，她就是被肢解了……」

卓悠只是暗想，沒有說出這番話，免得郭泰安因焦慮而發狂。

第二步，向酒店職員問話……

「你今天有沒有見過這個女生？」

答案全部都是「ＮＯ」。

第三步，到附近的街道和店舖逛一逛……

郭泰安和卓悠分頭行動，一個向東，一個向西。

兩人都和她碰不到面，只碰到了釘子。

最後一步，也是沒有辦法之中的辦法，由十四樓開始逐層搜查……

迂迴重複的樓梯令人頭暈目眩。

郭泰安一路向下走，嘮嘮叨叨地說：

「小妹不會在跟我們玩捉迷藏吧？」

所有可以通行的地方，都已經徹底找過了一遍。

結果仍是白忙一場。

將近兩個小時之後，郭泰安和卓悠累得腿軟，回到了酒店大廳，遠遠瞧見紫貓憂心忡忡的模樣，就曉得蘇小妹還沒有出現。

玻璃上是灰暗的街景，外面已經天黑了。

眾人一籌莫展之際，耳邊出現了熟悉的響聲，應該是手機收到短訊的提示音。

響聲來自郭泰安的口袋。

郭泰安拿出手機，看了看，面色勃然大變。

卓悠和紫貓大怔，正好奇發生了甚麼變故，但郭泰安只是悶聲不響，呆住了差不多十秒，才咬牙切齒罵出一句：「他奶奶的！」

郭泰安緊握著手機，向大家展示剛剛收到的短訊。

訊息的原文是英文，翻譯成中文就是：

「蘇小妹在我手上。外面有一架藍色小馬房車，請上車。」

沒想到……

竟然惹上了這麼大的麻煩。

就在卓悠和紫貓的眼前，郭泰安暴怒之下，竟然一掌將手機拍在大理石桌面。

「砰」的一聲！惹來了大廳所有人的注目。

當他移開手的時候，只剩一支螢幕龜裂的手機。

相識十幾年，卓悠從未見過郭泰安這麼生氣。

對方竟然用蘇小妹來要脅……

是可忍，孰不可忍也！

事態的發展超出了預料，只好看一步走一步。

卓悠、郭泰安和紫貓走出酒店，門口果然停著一架藍色房車，車頭是小馬車廠的商標。

司機是個陌生的大哥，棗色肌膚，口音不標準，疑是中東裔人種。

前車窗黏著塑膠架，掛著一支智慧型手機，透過螢幕上的導航路線，卓悠得知目的地是格里菲斯天文台，預估車程是二十分鐘。

車內提供蒸餾水和小糖果……卓悠一看，就想到這是用手機軟體叫來的專車。只要使用手機軟體預約，兼職司機就會在指定的位置接客，結合ＧＰＳ和行動網路的功能，客戶更可以隨時追蹤汽車的位置。

對方爲甚麼知道郭泰安的手機號碼？這一點不難解釋，卓悠想了想，就想到要是酒店有內鬼，就能獲取郭泰安的入住登記資料。

「我眞是太失策了。沒想過可能惹上犯罪組織。」

卓悠不禁自責起來。

整間酒店就是匪徒的地盤，而他們居然大意，沒有好好防範。不過，往好的一面想，對方既然主動約見，就是有談判的餘地吧？

要在車裡商量對策嗎？車是對方叫來的，始終值得懷疑。卓悠看著前座的郭泰安，嘗試打眼色，但郭泰安居然氣昏了頭，怒睜的雙眼只是直視前方。

紫貓見狀，忍不住捏了郭泰安手臂一下，勸他要保持冷靜。

郭泰安忽然沉著臉說：

「我已想到了解決辦法。」

「甚麼辦法？」

郭泰安甚麼話也不說，直接拿出藏在外套裡的雙截棍。

「你以爲自己眞的是李小龍啊……」

卓悠沒說出心聲，暗裡擔心他會做出傻事。

在美國這邊，要弄到槍械並不難，在火力強盛的槍林彈雨之下，雙截棍這樣的武器只是垃圾，恐怕連用來擋子彈都不行。

紫貓在一旁默默祈禱，很希望只是一場惡作劇……但蘇小妹一心盼望盡快破案，豈會在這時候鬧出這種惡劣的玩笑？

格里菲斯公園。

這是鄰近好萊塢大道的一座小山。

車子開上綿延的山坡。

不多久，就到達了訪客停車場。

郭泰安率先打開車門下車。

哪怕碰上黑幫人物，郭泰安氣成這個樣子，真的可能不管三七二十一，就會衝出去和對方拚命。

到了冬天，洛杉磯早晚溫差很大，山上溫度又更低，風吹簌簌，實在很冷。草坪後方可見一幢西班牙式的白色建築，這座天文台館是著名的地標景點，正門和門廊在寧靜的夜色裡散發出橘白色的光。

四周夜燈昏暗，遊客三三兩兩，就是不知接頭人在哪。郭泰安、卓悠和紫貓站在車道的迴彎，正不知該怎麼辦，就在另一端的停車場，有架黑色的敞篷跑車響起了刺耳的喇叭聲。

雖然相隔一段距離，但可見車裡只有一個人影。

一雙長腿由跑車裡伸出來。

閃亮的高跟鞋。

女裝牛角釦棕色大衣和格紋披肩，還有黑框太陽眼鏡。

首腦是個女的？卓悠感到疑惑。

那個女人撥一撥長髮，就像特務電影裡的女間諜，擺出倨傲囂張的神態，穿著褲襪的雙腿交併而立。

郭泰安怒氣沖沖，走在最前面，隔著一片草地吶喊：

「大姊！」

大姊。

卓悠和紫貓互看了一眼，憑著彼此的眼神，證實自己剛剛沒有聽錯。接著，他倆的雙眼同時瞇成一直線，盯著郭泰安和那個女人。

在路燈下，女人脫下太陽眼鏡，卓悠也認出來了，她就是郭泰安的姊姊——郭雨順。

郭泰安知道是她「拐帶」了蘇小妹，劈頭便問：

「妳在搞甚麼飛機啊？我朋友呢？」

郭雨順從容不迫地說：

「她去了洗手間。放心，我今天只是請她吃飯，然後去聽音樂會，沒有動她任何一根毛髮，不過講了不少你的壞話……我有很重要的事要跟你談一談，可以借一會說話嗎？」

郭泰安不由得暗嘆，小妹沒有防人之心，真的是個容易受騙的女人。卓悠和紫貓聞言，便暫離一會，留下郭家兩姊弟獨處。

「你跟她是不是在同一個房間睡過？」

郭雨順突如其來的問題，弄得郭泰安尷尬難當，臉上的惱怒化為了羞紅。

「是又怎麼？與妳何干？」

在同一個房間，卻甚麼也沒有做過，彼此冰清玉潔、守身如玉……郭泰安不知怎地，就是覺得這樣的事十分丟臉。

郭雨順卻流露出關心的神態，款語溫言：

「你是郭家的獨子，而你毫無自覺，傻頭傻腦，爸媽都很擔心。如果有女人心懷不軌接近你，處心積慮色誘你上床，再用肚裡的胎兒來勒索郭家……我們最怕就是出現這種家醜。」

「蘇小妹絕對不是這種人！」

「你懂女人嗎？只有女人最了解女人。我今年要去紐約過聖誕，便順便在洛杉磯轉機，到你入住的酒店突擊檢查。我一早帶走蘇小妹，就是要親自驗證一下，看她是好女人還是壞女人。」

「妳跨過了我的底線！就算是姊姊，我也不饒妳！」

不管如何挨罵，郭雨順滿臉不在乎，自說自話：

「她的外表合格，不過智商有點偏低。家境不是很好，父母居然還在還房貸，眞恐怖。她不懂西餐禮儀，亦毫無音樂素養，竟然不識巴哈和舒曼……明顯和大家閨秀有很大的落差。以郭家挑媳婦的標準來看，她完全不合格。」

郭泰安忍不住反唇相譏：

「妳調查得眞仔細呢！以上天堂的標準來看，妳才不合格！她有一顆漂亮的心，比妳漂亮一百萬倍！」

郭雨順不慍不火，笑著接話：

「你說對了！她的心，才是我最關心的重點。所以，爲了測試她的人格，我在送她返回酒店之前，給了她一張支票。支票上的金額，很少有平民女子能抗拒誘惑……」

郭泰安大怔之下，立即追問：

「妳要她離開我嗎？」

郭雨順卻搖了搖頭，眼神有點狡猾。

「這是我要她賣身給你的價格。她把你迷得神魂顚倒，就是因爲你得不到她吧？如果你得到她，你就不會珍惜她。」

「妳……妳……」

郭泰安吞了吞口水，才接著吐出話：

「結果呢？」

郭雨順忽然神色凝重，牢牢直瞪著郭泰安。

「她竟然立刻大笑，笑得直不了腰，好像把我當成傻瓜一樣……然後她告訴我，你是不會喜歡女人的……這個消息太過震撼，所以我一定要找你過來，確認一下眞相。」

郭泰安頓時無言以對，連他本人也搞不清楚，到底是自己佯裝的本領高強，還是小妹實在笨得過分？

「剛剛瞧見你著緊她的樣子，我就知道郭家不會絕後啦……不過，我很好奇，你是怎麼和她相處的？現代版梁山伯和祝英台嗎？」

「哼。我的事不用妳管。」

「傻子……初戀無限好，只是掛得早。再美好的東西，也禁不起時間的考驗，只要你長大了，用成年人的目光看世界，你就會瞭解我這番話。」

郭泰安沒有反駁，但心裡始終深信，有些東西不會隨著時間而變化。

郭雨順盯著天文台館那邊，郭泰安也跟著側過頭，遠遠瞧見蘇小妹、卓悠和紫貓。

「她回來了。我也要去機場啦，提早還車。你應該很缺錢用吧？這是我給你的贊助基金，

泡妞贊助基金。記得做好安全措施。GOOD LUCK！」

說到底，姊姊還是疼弟弟的……郭泰安接過那疊鈔票，總算明白她眞正的用心，亦寬恕了她鬧出來的風波。

郭雨順開車駛過蘇小妹的身邊，不知向她說了甚麼話。郭雨順回頭看了看弟弟，留下一個曖昧的笑容，然後以飆車的速度轉彎下山，隆隆的引擎聲響徹林間。

柔情似水的雙眼，隨風飄逸的長髮……

今晚的蘇小妹和平時一樣，又好像和平時不一樣。

星空下，銀漢迢迢暗度，她終於來到他的面前。

原來蘇小妹迷了路，所以才去了這麼久。彼此小別重逢，她的態度和以前一樣，讓郭泰安放下心頭大石。

卓悠和紫貓見完小妹之後，小識趣地暫離一會，理由是「買咖啡」。

難得有了獨處的機會，氣氛卻浪漫得令人有點尷尬。

郭泰安搔著後腦，顯得侷促不安，目光亂竄，一臉難爲情。

「我大姊是個精神病患，曾經住過青山，希望妳原諒她吧！」

「她眞的頗怪的，硬扯著我到處去……不過她很慷慨，請我到米其林的星級餐廳吃飯。原來她不知道你的祕密，我不小心說了出來……對不起……你不會怪我吧？」

郭泰安笑著搖了搖頭。

之前一直困在鬧過凶案的酒店，難得有機會出來走走，看一看外面的風景，蘇小妹的心情也愉快起來。她拉著郭泰安，走近峻崖，憑欄遠眺，山下是密密麻麻的萬戶燈火，遼闊的夜景美不勝收。

「好美啊！」

蘇小妹讚歎不絕的對象，並非璀璨的夜景，而是頭上的星空。

漫天的星光，神祕的月影，意象迷幻，像梵谷的油畫。

到了較漆黑的地方，看得更加清楚。

滿天星斗不僅限於想像，星象儀投射在小房間牆上的光影，原來可以放大到整片湛藍色的夜空。聽說在沒有光害的地方，星星會更多更明亮，但這片星空已經讓她感動得想哭，繁星閃爍交輝，一顆顆光點就像要墜落一樣。

郭泰安瞥了她一眼，一眼又一眼。

他和她一直是很要好的朋友，卻無法成爲情人。

就像燃燒前的煙花，差的就是一剎那的火花。

異鄉的月光仍是一樣，照在回憶深處，那一片爲她預留的地方。

世間萬千的變幻，都無法抹走這一刹，也無法改變他的想法。他願意留在她的身邊，繼續當一個沉默的影子，只要可以陪伴她就夠了。

至少，偶爾會有美事——

他和她的影子在地上湊成一對。

郭泰安拍下這一刹的光影。

在模糊的照片中，兩個影子是手牽手的模樣，就像一對情人。

他在心裡低吟——

下一次，在妳影子旁看星星的，仍會是我的影子嗎？

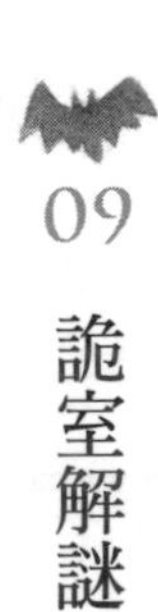

09 詭室解謎

十二月二十一日。

「七〇七」號房間。

在寒流來襲的晚上，這裡聚集了四顆年輕的心。昏黃色的燈光映照四周，就算室內沒有暖氣，空氣也暖洋洋的。

本來單調呆板的客房，現在布置得甚有聖誕特色，床頭那面牆貼了兩條鏡面彩帶橫額，噴在窗上的雪人圖案，亂丟在床頭的大紅帽和麋鹿頭飾，還有一堆拉砲和口哨等等派對用品……都是郭泰安不經思索買回來的東西。

事件一天未解決，卓悠都沒有過節的心情。他坐在靠背椅上，專心看著貼在牆上的文檔，獨自深思：

「董千金是獨生女，只要綁匪開出條件，無論多少贖金，董先生都一定願意支付。問題是綁匪怎麼遲遲不行動？難道中間出了甚麼亂子嗎？時間拖得愈久，愈有可能凶多吉少……就算不小心弄死了董千金，如果我是綁匪，一不做、二不休，也會用她的遺體來勒索董家……難道

犯人不為求財，只是個變態殺人魔，找少女下手，而董千金恰好成為他的獵物？」

卓悠的個性比較悲觀，不得不假設最糟糕的情況。

犯人有點小聰明，卻不夠細心，屢屢犯下粗心大意的錯誤——這就是卓悠在心中描繪的犯人形象。

桌上擱著一副雙筒望遠鏡。

這是紫貓由家裡帶來的，由於她這兩天不想蹺課，所以只能在晚上過來幫忙。郭泰安和蘇小妹分別監視有嫌疑的酒店職員，結果都是毫無發現，虛耗了時光。

深夜十時許，四人同處一室，本來是要商討接下來的調查方針，現在倒變成了聊天打屁的時間。

當浴室門一開，紫貓小碎步走出來，登時令人眼前一亮——她換上了郭泰安送的聖誕紅連身短裙，即使套著白色絨毛長筒襪，也掩不住兩條長腿的美態。

郭泰安不由得吹起口哨，讚不絕口：

「女大十八變！妳在聖誕派對穿上這套衣服，一定迷死全班男同學！我敢保證，妳有資格去好萊塢發展！」

他的語氣並無調侃的成分，眼神亦無色瞇瞇的涵義，這番話乃是衷心的讚美。

紫貓捏了捏聖誕紅帽的毛球，露出淘氣憨頑的微笑，忽又斜著身弓著腰，擺出自信滿滿的姿勢。

「我的夢想就是要當演員！老師也稱讚我有天分，推薦我報考演藝系。」

洛杉磯的好萊塢就是夢工場，有一片讓年輕人追逐夢想的土壤，並不是貧乏得只剩下金融業和服務業。

紫貓的夢想是當專業演員，卓悠的夢想是成爲國際刑警，蘇小妹的夢想是嫁給白馬王子，即是那個安東尼……郭泰安忽然黯然傷感。

上大學之前，他的人生目標就是考上大學，這樣的目標相當明確。當他成爲大學生之後，頓時感到空虛迷失，覺得自己的人生很沒有方向。要當一個大人，也許比想像中困難得多，因爲我們總是違背兒時的期望，追求人云亦云的人生目標。

很多人視富貴爲人生目標，就是因爲這目標既簡單又實際吧？大人只相信金錢和數字，而年輕人都追求一些虛無的理想。

「管他的！我要永遠當一個長不大的孩子。」

今朝有酒今朝醉，郭泰安就是這種人，一旦想到了尋樂子的方法，隨即就會振作起來。當他聽見紫貓要報考演藝系，便大言不慚地說：「不如由我來考一考妳的演技，我給妳題目，妳

即興演出。嗯，我看過不下一千部由女角主演的電影，在演技方面可以給妳意見。」

紫貓無懼挑戰，雀躍地說：「好啊！聽說演藝系的考題都很出人意表，郭大哥你的腦袋這麼怪，搞不好有異曲同工之妙，對我來說是很好的訓練。姊姊，妳也來當觀眾好不好？歡迎給我意見。」

蘇小妹含笑點了點頭，便跟郭泰安坐在床邊，盯著紫貓表演。

玄關至床尾櫃這一片小區域，頓時變成了紫貓的小舞台。卓悠也賞臉，暫時放鬆心情，坐在靠背椅上，靜靜看著聚光燈下的紫貓。

郭泰安乾咳了一聲，接著怪模怪樣地說：

「準備好了嗎？我先給妳一道熱身題——憤、怒、的、葡、萄——三、二、一、開始！」

紫貓忽然變臉，眼中飽含怨恨和怒火，雙腿忽然一蹲，抓住帽子在地上連捶兩下，然後單手掩臉，撇著嘴，悲憤和絕望的表情交集。

《憤怒的葡萄》幾乎是每個美國學生必讀的名著，紫貓的演技收放自如，配合肢體動作，演活了脾氣火爆的男主角。

郭泰安微微點頭，繼續瞎扯出題：

「算妳過關。第二道題目——愛、笑、的、橘、子。」

笑是最簡單的表情，卻是最難自然流露的演技。

紫貓由面無表情開始，逐一展現出微笑、憨笑和大笑，繼而嘲笑、獰笑及狂笑，甚至笑出眼淚。在短短一分鐘內，表情有十多種變化，令人歎爲觀止。

郭泰安捏了捏下巴，又出題目：

「好，接下來是……在產房即將臨盆的產婦。」

紫貓面不改色，只用聲音演出。

呻吟，喘氣，然後大叫！

叫聲相當逼眞，如果有人經過外面，搞不好會嚇得打電話報警。

卓悠忍不住誇讚：

「妳眞會演啊！」

紫貓鞠了個躬，謙虛地說：

「我最欣賞的好萊塢明星MARY STREEP（梅莉・史翠普），曾在節目接受演技挑戰，要用臨盆產婦的語氣報告交通路況，她當時毫無準備，就展現出神人級的演技。比起她，我還差得遠呢！」

「好，我要出難一點的題目。」

郭泰安彎起兩條粗眉，繞著手臂，一口氣說：

「在飛機上尿急到臨界點，卻發現所有廁所爆滿的淑女。」

「唔……給我一點時間想一想。」

這道題目似乎難倒了紫貓，她在玄關踱來踱去。

明明是很好玩的遊戲，蘇小妹卻一點也提不起勁，沒發表任何意見，這樣的事郭泰安豈會沒察覺？他不用過問，也知道她的心事——還有三天就是平安夜，大伙兒仍無破案的頭緒，一切陷入膠著狀態，只怕去和安東尼過生日的心願要泡湯了。

郭泰安早就料到這樣的情況。

他會勸服她轉機過去蒙特婁，不管事情發展如何，都有他們這幾個朋友幫她收拾殘局。

兩個多星期的假期，她願意把一半花在朋友身上，已經很夠義氣，他也感到心滿意足……

咯咯、咯咯！

由玄關那邊傳來敲門聲，紫貓好像已經開始演出。

咯咯咯、咯咯咯！

敲門的聲音愈來愈急促。

只見紫貓有一隻手按在門上。

郭泰安由床上跳到地上，笑咪咪瞧著她，就像老師抓到學生的小辮子一樣，在旁指指點點：「哈！妳用敲門來表達焦急的心情，一個動作勝過千言萬語，本來是很棒的演技……但妳這次要演的角色是淑女，淑女是不會做出這種冒犯的事。」

紫貓受了委屈似地說：

「我還沒開始演呢……」

話只說了半句，門後又傳出「咯咯」的敲門聲，此時郭泰安才發現自己搞錯了，原來外面眞的有人在敲門。

卓悠早就站了起來，逕自過去開門。

由於房門沒有防盜眼，所以他門上了門鈕，才掀開一條門縫。

難道是玩得太吵，惹來同層其他住客的投訴？在這樣的深夜，應該不會有訪客，除非是不速之客……

卓悠回頭向大家使了個眼色。

「是酒店的職員。」

眾人正疑惑是怎麼回事，卓悠已向外面回話：

「把包裹放在地上就可以了。謝謝你。」

卓悠轉過臉來，向大家解釋：

「匿名包裹。指定給我們這個房號。」

等到酒店職員離開，卓悠才打開房門，將包裹沿著地毯拉進來。眼前的包裹是個扁平的盒子，白色瓦楞紙，大小與一般比薩的包裝盒差不多。眾人團團圍著地上的包裹，面面相覷，顯然不是自己人訂購的商品。

蘇小妹緊張兮兮地問：

「不會是炸彈吧？」

話聲未落，卓悠已蹲了下來，率先動手，將包裹上的封條撕開，輕輕一掀，整塊頂蓋向後一百八十度翻開。

包裹裡是個小鐵盒，鐵皮信箱的大小。

而鐵盒上扣著一把鎖。

上了鎖的小鐵盒？

盒裡有甚麼東西？

卓悠捧著鐵盒細看，整個鐵盒密不透光，盒側有一塊掀蓋，緊扣的鎖頭是個四位數的密碼鎖，四個轉盤上的數字依序是「2」、「4」、「0」、「0」。卓悠試了試，這樣的數字組合無法開鎖，由此可知開鎖密碼另有其數。

卓悠搖了搖鐵盒，喃喃地說：

「唔……聽聲音，盒裡的東西很輕，晃來晃去的，形狀也不像很大。」

鐵盒背面貼了一張小紙。

紙上並無文字，只印上一個圖案：

這個圖案的顏色是紅色。

「哦。」

卓悠發出低吟的一聲。

「到底是誰寄給我們這麼奇怪的東西？」

郭泰安問了也是白問，在場無人說得出答案。

但卓悠露出悠然自得的笑容，瞪著鐵盒說：

「哈。這下有趣了。這是給我的挑戰嗎？」

「小卓……你這麼說，就是綁匪送來的嗎？」

「我不確定。」

卓悠頓了頓，又說下去：

「也許，我們打開鐵盒看一看，就會有答案。」

這時郭泰安已把鐵盒拿在手上，看了又看，又扯了扯鎖頭，嘗試用蠻力扯開，但鎖頭堅固得很，就算用工具也很難剪開。他又亂撥密碼鎖上的數字轉盤，轉來轉去都沒有解鎖的跡象。

郭泰安一臉沮喪地說：

「沒有密碼，怎麼開鎖？我們要去找鎖匠嗎？」

卓悠慢條斯理地說：

「不必。我知道開鎖密碼。」

「你知道密碼？怎麼知道的？」

「這麼簡單的謎題，我一秒就想出了答案。」

卓悠覺得好玩，便向郭泰安說：

「嘿！就當是一場智力遊戲，你和小妹、紫貓比賽一下，看看誰最先想出開鎖密碼。」

反正晚上無所事事，郭泰安又愛逞強，便和兩位女生捧著鐵盒，輪流傳來傳去，看誰先解開鐵盒的開鎖密碼。

紫貓毫無爭勝心，心裡有一句，便說一句：

「這把鎖有四個轉盤。即是說答案是個四位數。有甚麼是四個位的？」

說罷，她盯著那張印著公雞圖案的貼紙，覺得這個圖案有重要的暗示。圖案很明顯是一隻雞，中式的剪影風格，就是不知和甚麼數字有關係。

過了五分鐘，還是沒人猜出答案，卓悠忍不住出聲提示：「當這個鐵盒出現的時候，鎖上的數字是二、四、○、○……其實暗示了答案的格式。」

紫貓立時大喊：

「時間！」

憑著卓悠的提示，她想通了答案是個二十四小時制的時間。正當郭泰安和蘇小妹仍一頭霧水，紫貓已有眉目，便指著紙上的圖案不解地問：「可是我想不通，雞和時間有甚麼關係？」

卓悠徐徐解釋：

「在十二生肖之中，代表雞的地支是『酉』，轉換成十二時辰的話，酉時就是由下午五時開始的時辰。」

卓悠一面說話，一面轉動輪盤，果然和他猜想的一樣，只要將轉盤撥到了「1」、「7」、「0」、「0」，不費吹灰之力，鎖頭就自動鬆脫。

「紫貓在外國長大，未必知道甚麼是十二地支，她最先猜出答案是個時間，所以還是算她贏了這場鬥智比賽。」

如果將在場各人按智商由高至低排名，依次就是卓悠、紫貓、郭泰安、蘇小妹……但郭泰安非常不滿這樣的結果，心裡悻悻然的。

卓悠掀開了鐵盒的側蓋，窺探一眼，然後翻轉鐵盒，讓裡面的東西掉出來。

「噢！」

郭泰安和蘇小妹同時驚歎。

掉在地上的是一張房卡。

房卡寫著「1408」這個號碼。

郭泰安拾起地上的房卡，看來看去，也真的只是一張普通的房卡。

「這是甚麼意思？」

紫貓感到事態不妙，忐忑地說：「我沒猜錯的話，送包裹給我們的人，想邀請我們去這個房間……他究竟有甚麼意圖呢?我們是不是被盯上了?」

卓悠綳著臉,沉聲道:「1408號房曾發生凶殺案,如非特別要求,酒店都不會安排旅客入住。」

郭泰安鐵青著臉問:「會不會是一個陷阱?」

卓悠聳了聳肩,目光閃爍不定,躊躇道:「眞是匪夷所思。遇上這種怪事,也沒有報警的道理。看來不去一趟,都不會有答案。」

四人沒有猶豫太久,就決定勇闖龍潭虎穴,一同上去十四樓。

到了樓上,紫貓和蘇小妹按住電梯,遠遠看著「1408」門口那邊,只見卓悠和郭泰安使用房卡,眞的順利開門進入。

房裡有甚麼東西?

有人?有鬼?

蘇小妹胡思亂想,覺得有一頭老虎也不足爲奇,某部好萊塢電影就有這樣的劇情。

沒過多久,郭泰安就從房裡出來,掀著房門,招手叫紫貓和蘇小妹過去。兩個女生來到門口,一眼就看得一清二楚,房裡只有卓悠走來走去,棉被整齊鋪在床上,猶如一間沒有住客的空置房間。

這間客房比較寬敞，看來是一間高級客房，只有一張雙人床。儘管驟眼看來並無異常之處，房間裡卻瀰漫著詭異的氣氛。

郭泰安爲了壯膽，哼唱出一段歌詞：「NOBODY NOBODY BUT US……沒有人，也沒有屍體……」

卓悠忽然拉開衣櫃的門，指著衣櫃裡的小保險箱，向夥伴說出他的發現：「看見了沒？這間客房的衣櫃有保險箱。這個保險箱上面貼著一張紙，紙上的圖案應該是一個寶箱。唔……如果我沒會錯意，這是某人給我們的挑戰，我們必須破解他留下的謎團，才能打開這個保險箱。」

果然如卓悠所說，保險箱上的紙上除了一個寶箱圖案，還寫著一行如同指示般的英文：

「LOOK FOR NUMBERS（找尋數字）」

這是甚麼惡作劇？莫非保險箱裡有聖誕禮物？這一次郭泰安對天發了個毒誓，保證不是他搞出來的把戲。

卓悠看完保險箱上的操作指示，輕按一下保險箱右側的數字面板，面板上的液晶螢幕顯示保險箱已是上鎖狀態。

「嗯。要打開這個保險箱,就要輸入一組四個位數的數字密碼……房裡應該會有解謎的線索,我們要合力調查,特別注意有數字的物品。」

蘇小妹和郭泰安幾乎同時疾呼:

「密室解謎!」

兩人互視一笑,然後由郭泰安接話:

「這是很常見的手機遊戲類型。場景設定通常是一間密室,玩家要在密室裡尋找道具或者提示,破關目標就是要逃出房間。所以這種遊戲又叫『密室脫逃』。近年還有人弄成實境遊戲,一群朋友進去玩,挑戰解謎的樂趣。」

卓悠琢磨了一會,目光陡地一變,彷彿向看不見的敵人宣戰:「誰會做出這麼無聊的事?別人一番美意,我們只好奉陪到底!我們現在開始分區搜索,要是發現了異常的地方,就要大叫知會其他人。」

不知哪來的自信和傻勁,郭泰安覺得是展現自己的機會,忽然捋起了衣袖,一副摩拳擦掌的模樣。他趴到了地毯上,像獵犬一樣嗅來嗅去,只在地上找到一顆碎花生。他又跳到床上,探頭望向冷氣管槽的出風口,伸手摸向天花板的吸頂燈,結果只弄到滿手都是灰塵。

倒是紫貓和蘇小妹各自有所發現。

「電視螢幕上有個小紅框。」

紫貓站在床尾，指著電視螢幕，螢幕上畫了一個紅框，明顯是有人故意塗污，就是不知有甚麼含意。

蘇小妹由浴室出來的時候，手上多了一個遙控器。

「我在浴室裡發現的。藏在毛巾裡。好奇怪。」

那個遙控器是電視機的遙控器，擺在浴室裡，實在違背常情。卓悠要來看了看，沒有多想，就嵌入剛剛在浴袍口袋裡發現的乾電池。電視機擱在床尾矮櫃上，卓悠朝那邊按下遙控器開關，啓動了電視機。

「28」

電視機沙沙作響，畫面只有一堆雪花，頻道的數字在右上角閃爍，恰好在小紅框圈著的範圍內。

「二十八？有人在關機前，故意轉到第二十八台。數字不只一個，應該還會有其他數字……」

正當卓悠尋思之際，郭泰安終於有所貢獻，在床墊的夾縫裡找到一把螺絲起子。既然有螺絲起子，就是有要拆解的東西，卓悠擔心郭泰安亂拆一通，便叫他先從細小的物件開始嘗試。

「天靈靈，地靈靈……」

郭泰安一邊唸咒，一邊拆開座頭上的電話。

沒想到亂打亂撞之下，他眞的立功，一扭開電話底座的螺絲釘，就發現內藏一張無字的怪紙，一個紅框印在紙的正中間，右上角有一個手繪的水滴圖案。

這時候，蘇小妹從牆角冒出來，頗覺驚訝地說：

「我在衣櫃裡也找到一模一樣的紙！」

眾人聚集在書桌前面，看著郭泰安和蘇小妹找到的兩張紙。

兩張紙都是一格捲筒衛生紙左右的大小，紙質毫無二致，中間都有個小紅框。但兩者之間有個重大的差別，蘇小妹找到的那張紙，右上角的圖案不是水滴，而是一團火焰似的圖形。

郭泰安樂在其中，玩得相當投入，開始發表意見：「金木水火土……這是火的元素，這是水的元素，難道我們要集齊五種元素才能過關？」

卓悠想了想，向蘇小妹問清楚細節：

「妳在哪個位置找到這張紙？」

「熨衣板的架子上。」

「原來如此。眞麻煩。」

卓悠這麼說，就是看穿了紙上的把戲。他拜託紫貓幫忙，用熨斗在那張印著火焰圖案的紙上加熱。與此同時，他又走進了浴室，用漱口杯盛水，小心翼翼倒在那張印著水滴圖案的紙上，特別對準紅框圈著的空白位置。

如卓悠所料，沾水之後，隱形墨水的字跡立時浮現：

「496」

紫貓那邊也有所發現，嬌聲叫了出來：

「六！」

紅框裡出現了一個數字，就是阿拉伯數目字的「6」。

郭泰安叼著不知哪來的玩具菸斗，皺著眉頭，大放厥詞：「由我來總結一下吧！到目前爲止，我們在房裡一共發現三個數字，分別是『6』、『28』和『496』。這三個數目之間有沒有關聯，我暫時看不出來。以我玩遊戲的經驗，我們會在房裡找到包含數學公式的提示……」

卓悠聽不下去，打斷道：

「不必再找了。我已經知道開鎖密碼。」

郭泰安愕然張開嘴，菸斗掉到地上。

「這麼快?」

「當然呀。答案超明顯的。」

「眞掃興……我本來以爲可以玩很久呢……」

卓悠懶得糾纏下去,逕自走到衣櫃前面,掀開半邊的門。蘇小妹和紫貓都推理不出密碼,她倆屏息以待,比較急著知道保險箱裡有甚麼。

郭泰安忽然大叫:

「慢著!」

卓悠的手指停在半空。

「怎麼了?」

郭泰安沒半點正經,偏偏要爭強好勝,提出鬼主意:

「鬥智方面,我是及不上你的。但我要證明自己是第二把交椅,比紫貓和小妹聰明。輸入密碼的時候,請你擋住視線,別讓我們瞧見你按的數字。」

他不說猶可,這樣一說之後,紫貓和蘇小妹反而暗惱,很想挫一挫他的銳氣。但她倆動腦筋想了想,還是想不透那三個數字隱藏的意義。

卓悠覺得沒大礙,便依照郭泰安的意願掀開衣櫃另外半邊門,擋住其他人的視線,接著才

輸入四個位數的數字密碼。

嗶、嗶、嗶、嗶——

接著是一聲長鳴。

解鎖成功，保險箱的門自動往外掀開。

霎時，卓悠沉默不語，整個人好像定格了。

其他人湊近去看，頓時愣住。

保險箱裡只有一件東西。

那是一支手機。

一支玫瑰金色的手機。

10 模仿犯

眼前這一幕，就像從天上掉了個餡餅下來。

尋來尋去都尋不著的手機，竟然以這種詭異的形式出現在眼前。

紫貓、蘇小妹和郭泰安左看看手機，右看看卓悠，都在期待一個合理的解釋。

卓悠卻只是搖了搖頭。

「如果有犯人，他爲甚麼要這麼做？這眞的是董千金的手機嗎？我肯定有人在故布疑陣，但我還看不穿其中的詭計……」

這支玫瑰金色的手機如同含苞待放的野玫瑰，等待來者伸手採花。卓悠爲了求證，立刻有所行動，信手拈來塑膠袋，套住右手，免得留下指紋。他取出保險箱裡的手機，在烏溜溜的螢幕上觸碰了數下，但螢幕沒有亮起。

原來手機處於關機狀態。

「手機還有電嗎？」

卓悠一面說，一面按下邊框上的開關，螢幕隨即亮起來，顯示出製造商的商標。

「看來手機沒壞……就是不知有沒有上鎖……」

這款手機有指紋鎖功能，要是上了鎖，就是國防部的專家也很難破解。不知是否真的走運，還是別人蓄意布局，這支玫瑰金手機居然沒有上鎖，系統在完成啟動程序之後，直接進入主頁操作畫面。

「哇！董千金！」

郭泰安失聲驚叫。

螢幕的底圖就是董千金的大頭照。

這支手機如假包換，果然是她的手機！

卓悠覺得大有蹊蹺，在這刻不容緩的關頭，趕快檢查手機裡儲存的個人資料，急著知道有沒有透露董千金行蹤的線索。

手機的「APP」只排滿一頁，全是系統預設的內置軟體。這個時代，城市人都是低頭族，阿公阿嬤都會在網上社交，然而這支手機竟然沒有安裝通訊軟體，怎麼看都不合常理，大有可能是有人在手機上動了手腳。

以卓悠所知，除非有備份數據，否則這款手機一旦刪掉了「APP」，其中儲存的通訊記錄都會一併徹底銷毀，即使用上駭客軟體也無法復原……連一般手機都有如此完善的隱私保密功能，難怪各國政府打壓恐怖分子總是處處踢到鐵板。

卓悠點選了「Photos（照片）」的圖示。

相簿裡只儲存了一張董千金的照片，就是主頁底圖那張照片。

「Messages（訊息）」裡沒有保留任何訊息。

通話記錄都被刪光，聯絡人的資料亦一個不剩。

「Mail（郵件）」和「Videos（影片）」的列表也是一片空白。

網頁瀏覽器沒有歷史記錄。

只剩「Music（音樂）」和「Books（圖書）」裡仍然有歌曲和電子書，可能是犯人覺得無關痛癢，所以懶得刪除。

卓悠點進去看一看，歌曲有一千首以上，怎麼看都不像暗藏玄機。電子書的書架上有十多本下載書目，以英語的童書作品居多：《愛麗絲夢遊仙境》、《綠野仙蹤》、《小王子》、《王子與乞丐》、《小熊維尼》……此外還有《傲慢與偏見》和《天生購物狂》系列。

卓悠逐一檢查，沒有發現任何閱讀筆記，還將每本書的首個英文字母拼在一起，結論是毫無意義，證明是自己想多了。

郭泰安沉默了這麼久，終於忍不住出聲：

「這支手機會不會又是一條謎題？藏著讓我們找到董千金的線索。」

卓悠憂形於色，反問一句：

「有人在背後搞出這麼多事，設下這些無聊的謎題，你覺得他有甚麼動機？」

郭泰安不假思索就說：

「因爲貪玩？」

卓悠有點激動地說：

「貪玩？嘿，你這樣說也沒錯……有很多變態連環殺手他們都是貪玩的，享受殺人的樂趣，將獵物折磨和玩弄一番，然後才下毒手……如果眞是這樣，難怪犯人不向董先生要贖款……因爲犯人不是求財，只是爲了滿足自己的變態欲望！」

紫貓和蘇小妹聽了不禁悚然心驚，便互相繞住臂膀取暖。郭泰安則半晌說不出話，面色難看得很。

縱觀在這間酒店發生的謀殺案，凶手人都與死者無冤無仇，都是一時興起才犯下惡行。這一類缺乏人際網絡的凶案最令警方頭痛，因此不少案件仍是懸案，甚至成爲人類犯罪史上永遠的謎團。

紫貓有件事想不通，忍不住問：

「董千金爲甚麼會被盯上?」

卓悠繼續調查手機，漫不經心地回答：

「眞的可能只是倒楣。倒楣這種事人人平等，有錢人和窮人都會遇上。」

眾人瞧見卓悠這副焦慮的樣子，就曉得事態比想像中嚴重得多。犯人向高難度挑戰，將富家小姐誘騙來美國，軟禁她，再殺害她……這樣做雖然大費周章，但要是排除萬難做到了，成就感也會特別巨大吧?卓悠未學滿師，就遇上這樣的奇案，暫時還無法代入犯人的心理。

收到匿名包裹，來到詭室，打開保險箱，找到手機……今晚的一連串怪事曲折離奇，卓悠有種被玩弄的感覺，覺得自己正被牽著鼻子走。

故意讓他們找到董千金的手機，如果這是犯人計畫的一部分，就是說手機裡一定藏著更進一步的暗示。這一次的謎題卻難倒了卓悠，他在手機上按來按去都沒有新的發現，察覺不到任何疑點。這支手機彷彿只是任人試玩的樣板機，除了有董千金的照片，便再無其他特別之處。

「唉!」

過了十五分鐘，卓悠放棄了。

「給我試一試吧!」

郭泰安伸手接過手機。

他覺得自己的手氣很好，說不定一輪亂按，就能進入隱藏畫面。

就在此時，電話響起來了。

When this old world starts getting me down,

And people are just too much for me to face——

電話鈴聲是一首英文歌，懷舊的旋律，曼靡輕奏。

郭泰安詫異不已，竟然把手機丟回卓悠手裡。

來電號碼的字頭是「+852」，卓悠一看，就知道這是由香港打來的電話。

卓悠向同伴使了個眼色，便接聽起這一通來電，按鍵的刹那，同時啓用揚聲器功能，讓大家都聽得見對談的內容。

電話傳出低啞的聲音：

「喂？」

對方應該是有一定年紀的男人。

隔了兩秒，卓悠才回話：

「你是誰？」

沒想到對方忽然發脾氣，破口大罵：

「我才要問你是誰呢！這是我女兒的手機……是你綁架了她吧？如果你是求財，請開出條件，我會盡量滿足你的要求……」

這時候郭泰安認出來了，來電者並非甚麼壞人，而是董振中本人。

郭泰安向手機螢幕喊話：

「董伯伯，我是郭泰安。」

手機靜默了半晌，才傳出驚詫的聲音：

「咦？是你？千金的手機怎會在你手上？」

郭泰安箝口結舌，當晚的事離奇到了極點，豈是三言兩語所能解釋得了？

卓悠心中泛起不祥預感，不想浪費時間，將電話拿近自己嘴邊，長話短說：

「我們剛剛在酒店找到手機啦，但仍未找到董千金的下落。請問你爲甚麼會打來董千金的手機？」

由於之前通過話，董先生認出卓悠的聲音。

董先生的語氣相當焦急：

「兩個小時前，我發現手機有通未接來電，一看之下，竟然是千金的號碼，當眞是大吃一驚……我一直回撥，直到現在才打通，卻沒想到是你們。」

董千金的手機有啓用國際漫遊服務，要是打電話回香港，也會顯示她的手機號碼。只是卓悠百思不解，這個在背後搞事的傢伙，究竟爲何打電話給董先生？卓悠隱隱覺得，答案可能很簡單，只是他一時想不到。

即使瞧不見對方的表情，郭泰安等人都聽得出來，董先生的話聲充滿了惶恐。

郭泰安從卓悠手上接過手機，正想開口，手機卻率先傳出聲音：

「我正想找你們。香港警方逮捕了送熊娃娃給千金的男人，他坦承了在娃娃裡放竊聽器的事……」

「抓到人了？哇……他有招供嗎？」

「在警方盤問之下，他甚麼都從實招來。唉！沒想到只是個混球，白白浪費了警方許多時間！」

「混球？」

「原來只是個迷戀千金的痴漢！他在熊娃娃裡放竊聽器，只是爲了偷聽千金的隱私！枉他還是名校生，『好眉好貌生沙蝨』，簡直變態！」

房裡一陣靜寂，郭泰安和卓悠盡無言語，紫貓和蘇小妹沉默是金。

董先生接著說的話，才眞正驚心動魄：

「不過，警方還是從他口中問出一些話。這傢伙吐露，他有幾次偷聽千金講電話，都聽到『強森』這個稱呼。但每當千金一開始講話，都會故意壓低聲音……唉，那種竊聽器只是鴨寮街的劣貨，所以那個混球聽不清楚談話內容……對了，你之前跟我提過，有個叫『強森』的酒店員工，你那邊查出了甚麼嗎？會不會是同一個人？」

未待董先生問完，郭泰安已搓手頓足，怒目橫眉地說：

「果然是他！」

當郭泰安要衝出外面，卓悠卻擋在門口。

「你爲甚麼擋我？我要去找強森算帳！」

「你冷靜一下……現在強森根本不在下面。我沒記錯的話，他這兩天都休假，雖然他有極大的嫌疑，但有些事我們必須弄清楚，才能報警處理……」

卓悠言之有理，單憑一個常見的名字，未必可以說服洛杉磯警方，讓他們開出搜索票。

郭泰安乖乖聽話，將手機交給卓悠。

卓悠盡量保持鎭定，向董先生保證：

「董先生，我們現在已找到董千金的手機，請再給我們一點時間，也許就能查出令嫒的行蹤。」

董先生沒考慮多久，就諾諾答應，給年輕人一次嘗試的機會。

掛斷電話之後，卓悠繼續調查手機，看看有沒有之前漏看的線索。

蘇小妹忽然打岔：

「現在說這種話好像不恰當……保險箱的開鎖密碼是不是『8128』？」

卓悠瞅了她一眼，微微一笑，點頭稱讚。

「哈哈，全中！想不到是小妹最先猜對。看來在座的智商排名，又要換一下次序，姓郭的敬陪末座……」

郭泰安既不忿又驚訝，問道：

「妳是怎麼猜出來的？」

蘇小妹舉起自己的手機，回答：

「我把『6』、『28』和『496』輸入手機，搜尋結果出現一排數列，第四個就是『8128』……」

郭泰安沒想過有這一招，輸得很不甘心。儘管他知道答案是「8128」，還是想不明白這一串數字之間的關聯。他也上網查了一查，就查到「完全數」這個名詞。所謂完全數，原來是「除了自身以外的因數相加，就等於這個數本身」。比方說，「6」的因數是「1」、「2」和「3」，三者的總和就是「6」。符合這種特質的數字絕無僅有，「8128」是唯一的四位數完全數。

關於完全數的故事，卓悠可以說上二十分鐘，但他一直低著頭，目光幾乎沒有離開過董千金的手機。

難道……

卓悠突然靈機一動，播出手機的鈴聲，那首輕快的英文歌再度響起。

同一時間，他向眾人問：

「有沒有人知道這首歌的名字？」

紫貓首先舉手，朗聲回答：

「我知道！UP ON THE ROOF！」

一說完，她立即捂住張開的嘴巴。

他們知道董千金在哪裡了。

不一定正確，但非常有可能。

四人匆匆離開房間，推開安全門，闖進逃生梯，衝向上方的盡頭。這一層已是十四樓，再走上一層就是天台。

通往天台的門竟然沒有上鎖。

掀開門，竄來一陣急風，卓悠走在最前方，郭泰安領著紫貓和蘇小妹，四雙鞋子一一踏在寂若死灰的天台。頭上是烏雲，夜幕下是更高的商業大樓，他們不敢輕舉妄動，細心觀察四周，都沒有瞧見可疑人影。

事態緊急到這個地步，已經來不及去借手電筒，卓悠吩咐大家拿出手機，利用亮光的螢幕充當照明光源。

深夜的天台陰森恐怖，要是沒有朋友相伴，一個人還真的不敢上來。

多年前，酒店發生離奇的少女失蹤案，警方就是在天台水塔發現少女的遺體。當時住客發覺自來水有異味，向員工投訴，酒店派人調查，才揭發了藏屍地點，所以住客喝的水其實是浸泡過屍體的水……

郭泰安想起這樁無頭公案，湊近卓悠耳邊問：

「會不會是同一個凶手幹的？」

卓悠領會他所問何事，淡然回答：

「不一定。但犯人可能模仿前人的手法，做出一模一樣的罪案。在犯罪學上，有不少『COPYCAT CRIME』的案例，凶手都是『模仿犯』。」

郭泰安愣眼巴睜，悄悄地咕噥：

「這麼說的話……董千金豈不是……」

卓悠走向在黑暗中豎立的水塔，圓筒形的水塔一共有四個，位於鐵架搭起的平台上，大約有四公尺高。

鐵架平台與地面之間有五級鐵階梯，卓悠踏在上面，仰頭看著高大的水塔，感到束手無策，心想已到了必須打電話報警的時候。

雲間露出一輪明月，天台上的景物稍微變亮，但輪廓依然不分明。

「媽呀！仆街！」

郭泰安大罵一聲，好像踢到了甚麼，害他差點兒絆倒。

卓悠將手機照向他的腳下。

由光暈中可見，地上竟有一具躺著的軀體，套住戴帽的羽絨大衣，縮成一團，紋絲不動。

是死人？是活人？

一時還看不清楚。

眾人湊過來，分站兩邊，喚了幾聲。

郭泰安鼓起勇氣，將地上的軀體翻向另一側，揭開連衣帽，蓬鬆的短髮下，竟然是熟悉的面龐。

他愣了一愣，才結結巴巴地說：

「董……千金！」

眾裡尋她千百度，此人竟然在天台。

冷風吹過四人之間的空隙，空氣和時間彷彿凝固成冰塊。

如果月亮是個說書人，她一定會露出曖昧的笑容，磨了磨嘴皮，故作神祕地說：欲知後事如何？請看下回分解。

幸福灑滿整個夜晚

在滿天飄雪之下，他傻痴痴地守候。
身是冷的，心卻是熱的！
他願意等她，直到天荒地老！

11 馬克吐溫的著作

比佛利山下。

羅迪歐大道。

棕櫚樹上燈燭萬串。

時近平安夜，到了傍晚，這個聞名於世的購物區金光閃閃，整排柵欄、噴水池四周，甚至連小樓梯兩側都鋪滿了燈飾。

路邊停的不是勞斯萊斯就是艷光奪目的超級跑車，清風吹來芬芳的女人香。

火樹銀花，聖誕紅，大星星。

每一片櫥窗在紅色天鵝絨窗簾和聚光燈之下，都搭起了一座美得令人心醉的夢幻舞台。有的是冬季仙境，有的是糖果世界，有木偶的默劇，也有精靈的盛會，吊燭銀飾，彩色緞帶，天上星河，彷彿有亮晶晶的雪橇留影夜空。

滿街華燈如錦，每一塊方磚都彷彿塗滿亮粉，整個比佛利山在冬日的傍晚變成了瀰漫著溫馨氣氛的小鎮，飄揚著不知何處傳來的薑餅香氣。

幾乎世上所有著名的奢侈精品店都在比佛利山開設專門店，服務對象除了遊客，就是好萊塢的富豪和名人。

十二月二十二日的晚上，上班族沉浸在放假的氣氛當中，紛紛擁進餐廳裡狂歡，不醉不歸，盡觴而散，酒客自耽，色者自迷。

站在街上取景拍照的遊客既有年輕情侶，也有旅行團的團員。

眞正的有錢人似乎都懶得拍照，筆直走入店裡，每當他們從店裡出來，都挽著禮盒似的大型購物袋，總是有店員幫忙推開高大的店門。

就算買不起，光是看著眾多名店的櫥窗，蘇小妹和紫貓已經感到很滿足。

卓悠和郭泰安走在三個女生後面，指縫間都纏滿了購物袋的挽繩。

誰想到昨晚躺在地上昏迷的千金大小姐，一旦甦醒過來，就會爆發無法抑制的購物慾望？

郭泰安無聊起來，考一考卓悠：

「有人用WORKSHOP來比喻男女關係，你知道爲甚麼嗎？」

WORKSHOP直譯就是「工作坊」的意思。

「因爲雙方都要努力學習，彼此才能相處得來吧？」

卓悠心不在焉，差點懶得回答這種問題。

郭泰安卻用力搖頭，嘴裡連唸了兩次「ＮＯ」。

「答案是——因爲男人負責WORK，而女人就可以去SHOP。哈哈。」

好爛的答案。

郭泰安自以爲很有高見，振振有辭地說：

「女人啊……都是天生購物狂吧？」

卓悠懶得理會郭泰安的歪理。

他只是盯著前方的董千金——瓜子臉，杏兒眼，花瓣一般的薄唇，短得稍微遮住耳朵的髮型，襯得她的俏臉更加精緻。一對灰色的雪靴，咖啡色格紋圍巾和大毛衣，簡潔俐落的穿搭，一身大都會的風格。

董千金看來已經無恙，她在醫院做完周密的身體檢查之後，醫生發揮幽默感，開了一張藥方：「購物是最好的靈藥。」

向爸爸報平安後，董千金在酒店的總統套房住了一晚。第二天正午，就有個中年男人造訪，帶來一個脹鼓鼓的公文袋，公文袋裡全是現鈔。此人還說，晚上會帶董千金的護照和頭等艙機票過來。

有了錢，董千金便說要買一些衣物應急。

「不到好萊塢，怎算來過洛杉磯？」

郭泰安如此建議，還自作主張叫來了豪華轎車，而且是加長型的豪華轎車，由專職司機接載他們暢遊市區。

紫貓是「地頭蛇」，自薦當大家的導遊。

逛完好萊塢大道，再到比佛利山，到處洋溢浪漫的聖誕節氣氛。蘇小妹終於有機會好好逛街，見識花花世界，覺得不枉此行，一切都沒有令她失望。

聖誕節各大賣場都是女性「血拚」的戰場，等到「拆禮物日」這天，商店都會減價促銷。但對董千金這種有錢人來說，根本不在乎折扣，寧願早一點買，趁著其他客人不多，逛得比較舒服。

年輕人很快混熟，三個女生喧笑的聲音偶爾會傳到卓悠和郭泰安耳中。

千金小姐的失蹤事件彷彿沒有發生過一樣，糊裡糊塗就結案。

事情就這樣落幕嗎？眾多未解的謎團呢？似乎只有卓悠無法接受這樣的結果，他盯著董千金的目光，很明顯懷有很深的猜疑。

卓悠挨近郭泰安，問了一個怪問題：

「這是你認識的董千金嗎？」

郭泰安以堅定的語氣回答：

「當然是啊！她由小時候開始，就最愛亂買東西，買奢侈品絕不手軟！」

「她有留過短髮嗎？」

「唔……我印象中是長髮。這樣的事很重要嗎？」

卓悠想了想，只是搖著頭說不知道。

頭髮變短了這件事，根據董千金本人解釋，她剛巧在失蹤前一天剪短了頭髮，這一點看來不像是謊話。卓悠再深究下去，她表現得很不耐煩，一張臭臉似在說：「老娘愛留短髮就留短髮，與你何干？」

就算是裝瘋賣傻又如何？

最重要的是當事人平安，其他的一切都不重要。

剛剛在咖啡店，卓悠趁董千金上廁所，向蘇小妹和紫貓套話。她們都覺得董千金人很好，很親切，沒有大小姐的架子。董千金挑小飾品時，還故意問兩人的意見，然後買下來送給她倆，當作伴遊的謝禮，成功收買人心。

失蹤了十天，然後若無其事地出現，就當甚麼都沒有發生過嗎？那十天，她到底是怎麼過的？如果這是一本推理小說的結局，此書的作者一定會被打斷狗腿。

卓悠有個解不開的心結，覺得董千金一定有所隱瞞。

這一次，郭泰安看透了他的心思，搭著他的肩膀，開解道：

「女人會在甚麼時候剪短頭髮，你知道嗎？」

「你不會是跟我說她失戀吧？」

「我比你懂女人心。她很愛面子，如果全世界知道她被男人拋棄，丟臉丟到國外，她搞不好會自殺。」

這就是她隱瞞眞相的理由？

卓悠深深不忿地說：

「董千金如何入境美國？至今還是沒有答案！」

「我知道你從來不看『X檔案』，但這世界就是有很多無法解釋的事，譬如麥田圈和尼斯湖水怪之謎，至今人類還找不出答案。我問你，在西菲利酒店發生的眾多懸案，眞凶是何方神聖，至今有答案嗎？遠的不提，就說近的，之前的馬記航空客機失蹤事件就這樣石沉大海，很多人都很想知道眞相，最後呢？」

外星人UFO綁架、雙重人格鬼上身、被塞在行李箱裡寄到了美國……郭泰安曾提出不少假設，但沒一個能得到卓悠的認同。

倒是「私奔說」，卓悠覺得還有一絲可能。

此外，還有一個難解的謎團：

如果董千金是以自己的方式入境美國——

動機呢？她爲甚麼要這麼做？

「我們做人要有君子風度！假如她眞的有苦衷，我們就不該揭穿！」

郭泰安認定董千金是爲了男人才做出傻事。

卓悠生了悶氣，懶得爭論下去。

不過，郭泰安的話並非全無道理，董振中委託他們的目的，只是爲了找到董千金。背後的原因董振中也會想了解，但他曾親自盤問，畢竟這是董家的家事，他也許不想外人得知內情。

「董伯伯寵壞了她，就算她不說也沒辦法。」

郭泰安沒好氣地說。

差不多到了回去酒店的時候，有一輛長型轎車停在路旁，司機還特地下車開門。

董千金進入車廂後，偷偷瞄了卓悠一眼。

卓悠沒有逃避她的目光，心中泛起異樣的感覺。從收到匿名包裹開始，他就覺得掉入了一個布局，有人故意引導他找到董千金……犯人始終沒有現身。問題是，世上有沒有所謂的犯人，還是一切都是有人在自編自導自演？

這個千金小姐有古怪。

她一定有祕密。

但卓悠看不透。

他的思緒穿過了時空門，回到了前一夜——

昨晚。

西菲利大酒店天台。

眾人在地上發現董千金，真的嚇了一大跳。

卓悠摸到她尚有鼻息，嘗試搖醒她，結果她真的醒了。

救護車來到之前，她已經恢復神智，眾人免不了問起失蹤期間發生的事……

而她竟然說毫無記憶！

她甚至不知道自己怎麼來到美國的！

這是創傷後遺症，所以失憶了嗎？醫生說，的確有這個可能性。

卓悠一聽，心裡吶喊：「鬼扯蛋！」

郭泰安接到董先生的電話。

「不用報警。」

這就是董先生的指示。

董千金身體無恙，沒必要留院觀察，便回去酒店休息。

從醫院出來，眾人一同搭車回酒店，時間已是凌晨四點，白晝將臨，太陽也快冒頭了。

在車上，卓悠繼續追問：

「妳是怎麼入境美國的？」

「我不知道。印象中，好像有道強光閃過……當我醒來的時候，就看見你們。」

「強森是誰？妳能想起來嗎？」

「強森？你說的是哪個強森？我認識幾個叫強森的朋友……」

董千金就像個狡猾的政治家，用語言偽術迴避問題。她愈是說得天花亂墜，別人愈是心旌搖惑。

「對不起……我很不舒服。」

一回到酒店，她就說要睡覺。

少女昧著惺惺使糊塗，旁人眞是莫可奈何。

董振中先生向香港警方銷案，這件神祕失蹤案就這樣悄然落幕。

還好香港的新聞日日新奇，社會上演荒謬劇，比科幻小說更加荒謬絕倫。董千金的案件只是小兒科，董振中靠著豪灑金錢擺平了很多麻煩，傳媒也受到籠絡，草草了事隨便交代。

千金虛耗警力，原來藏身美國。

儘管有報導，卻只佔了很小的篇幅。

說眞的，像這樣的新聞，沒有綁匪、沒人死掉，又沒有血腥的畫面，根本上不了報紙頭版。一個千金小姐毫髮無損出現在美國，只是大小姐耍脾氣，整件事還剩多少新聞價值？

銷案之後，警方的調查小組中止查案。

董千金沒帶護照，竟然以無人知曉的方式入境美國，知情者只是少數。

既然已經結案，探員心中滿載疑問，也不可再追查下去。至於香港入境處爲何沒有董千金的出境記錄，電腦故障就是最好的交代藉口……這年頭，刁民不信任政府和警方，要是讓他們知道了護照的事，一旦無理取鬧又無限上綱，網上流言亂飛，說甚麼有錢人有特權，麻煩可就大了。

大事化小，小事化無。

肩頭一縮，天下太平。

這不就是今日的香港精神嗎？

可想而知，一定會有市民譴責有錢人的子女浪費警力。但這畢竟只是小事，哪怕是當局起訴，董先生請最好的律師就可以解決。

董先生是眞正的聰明人，只想低調處理，給這件事畫上句點。

卓悠和郭泰安都受到嘉許。

唯獨卓悠耿耿於懷，很在乎眞相。

但既然委託人都那麼說了，他也只好接受這個決定。

□

過了凌晨十二點，就是十二月二十三日。

加州的冬天不算冷，都在零度以上，不會降雪。

蘇小妹買了二十四號的機票，一早就搭飛機去蒙特婁，恰好來得及參加安東尼的生日派對，準備在那裡過一個白色聖誕。

這一夜，郭泰安睡不著，卓悠也睡不著。

「不如出去走一走？」

「陪我到外面吹風？」

兩人同時說出相同意思的話，不禁會心而笑。兩人有默契地起床，披上大衣，迎著寒風離開了酒店。

午夜的街道路人不多，街燈稀稀疏疏，他們也只是隨意走走，漫步在明媚的月色之中。洛杉磯的治安好不好？他們不知天高地厚，坦坦蕩蕩地走路，年輕人就是不會瞻前顧後。

郭泰安戴著麋鹿角髮箍，故意裝出高興的樣子。

他走路的時候，悲從中來，竟然唸起古詩：

「抽刀斷水水更流，舉杯消愁愁更愁……愁啊愁！問君能有幾多愁，恰似一班太監上青樓……」

「……」

卓悠有翻白眼的衝動。

不過，他還是暗暗笑了笑，這才是他認識的郭泰安，一個不管心中如何憂愁，仍然懂得開玩笑的大頑童。

在自動販賣機前面，兩人各自買了一罐飲料。

「小卓，眞的很感謝你的幫忙，解決了這個案子。」

「解決？我覺得自己甚麼都沒做……我有種被擺了一道的感覺。不過，董千金平平安安、沒有出意外，我心裡倒是慶幸的。」

「對啊！你這麼想就對了。我們也不想和甚麼凶殺案扯上關係吧？」

明天一早，董千金就會搭乘早上的航班回去天涯另一邊的香港。告別在即，卓悠再無機會向她問話，到了這地步，也只好放過她，這件案件就此不了了之，空餘一個遺憾。

卓悠吹出一團暖氣，感慨地說：「如果董千金是爲了保護她所愛的人，而隱瞞了眞相……這樣是說得通的。又或者她是用違法的手段出入境，她也不想說出來吧？唉！有錢人的腦子在想甚麼，凡人眞是難以理解！」

有錢人就是任性，就是愛亂來——

眼前的郭泰安就是一個好例子。

這個朋友的感情煩惱寫在臉上，卓悠豈會視若無睹？這一晚，卓悠不用再爲案情苦惱，便認眞關心起來，單刀直入向郭泰安問：「你眞的甘心送走蘇小妹，讓她投入別的男人的懷抱嗎？」

郭泰安捏扁喝光了的飲料罐，丟向五步外的垃圾桶，可是丟不中。

他面色淒楚，雙手放在腰後，唸唸有詞地說：

「君子成人之美，不會奪人所愛——」

「你可以當一回小人啊！」

「唉！兩情若是久長時，又豈在朝朝暮暮？我把她放在心裡就夠了。此情可待成追憶，只是當時已惘然——」

「你今晚的詩意……令我覺得噁心。」

「好了！我們回去酒店吧！洗個熱水澡，沖走我的哀愁，流到傷心太平洋的盡頭……」

「夠了……」

兒女情長，卓悠再聽下去，就會受不了。

郭泰安仰望街上的燈飾，嘆了口氣，想笑也笑不出來。失戀靠朋友，他已把卓悠當成「備用靠枕」，在平安夜那晚，就要借他的肩膀一用，痛痛快快地哭一場。

「小卓，這個聖誕還好有你。我其實很怕孤獨。」

卓悠卻冷冷道：

「誰要陪你過聖誕？你怎麼知道我沒有女朋友？」

郭泰安在冷風中僵住，一副對世界絕望的樣子。

卓悠見了，忍俊不禁。

「騙你的喲。你這個人眞是有問題。」

聽到卓悠這麼說，郭泰安竟然鬆了口氣……他居然還問卓悠可不可擔保，不會比他早一步談戀愛……

「話說回來，你沒取得一等榮譽畢業，你媽媽也不准你談戀愛吧？」

「上了大學，就是自由，天高皇帝遠，她管得了我嗎？我來美國唸書，就是爲了逃離她的魔掌。」

郭泰安想起卓媽媽的嚴厲管教，不禁捏了一把冷汗。她是直升機家長，好在直升機的航程短，飛不過太平洋。

「聖誕節快到了，你不用打電話向媽媽報平安嗎？」

「不用。我媽連我來了洛杉磯都不曉得呢。」

卓悠驀然停步。

郭泰安正奇怪他幹嘛不走，就聽到他的嘀咕：

「董伯伯……怎麼我一直只聽到你說董伯伯……董伯母呢？她是母親，應該比丈夫更關心女兒的平安吧？」

郭泰安搔著頭上的鹿角，隨口回答：

「說起來，我從來沒見過董千金的媽媽。她媽媽好像很早就過世了。」

「你確定？」

「或者是離婚了。別人的家事，我也不曉得呢。」

卓悠用手機上網查了查，查不出董振中的妻子是誰，線索彷彿在這裡就斷掉了。

兩人在街道踱步，經過一間書店。

書店已經打烊，但櫥窗散發小夜燈的黃光。

就在卓悠瞥向櫥窗的一刻，看見展示架上那疊色彩繽紛的童書，忽然聯想到董千金手機裡儲存的電子書。剎那間，一個念頭如線頭般在他腦中穿過，所有線索終於串連在一起，編織出事實的全貌。

「原來如此……我知道眞相了！想不到會是這樣。」

「甚麼眞相？」

「我懂了！這是一個騙局，自始至終都是騙局。哦！難怪會有那本書……手機透露了重要的線索，那是馬克吐溫的著作。」

卓悠嘟嘟囔囔，郭泰安聽不懂他在說甚麼。

董千金失蹤的眞相、爲甚麼她能入境美國、沒有現身的綁架犯……只有一個可能性，這個可能性就是唯一的答案。而卓悠的想法果然一直沒錯，只要解開董千金入境美國的方法，幕後的故事亦呼之欲出。

卓悠還需要證據。

「請你幫我打一通電話給董先生，我有些事情要向他問清楚。很重要的。不過問題有點尷尬，我們要商量一下提問的方式。」

卓悠的目光閃著凌厲的光芒。

一如所料，董先生果然有所隱瞞，只有解開心鎖，他才會把實話說出來。

郭泰安感到非常困惑。

「你要問他甚麼？」

卓悠沒有正面回答，只是繞圈子說話：

「我們一直忽略了一個人，一個很關鍵的人。」

「誰？」

「董千金的媽媽。」

既然卓悠提出這種要求，就是說他已突破了最大的盲點。他相信，打出這通電話，就可以讓整件事的眞相浮出水面。

這次的事件果然涉及犯罪。

而且是很嚴重的罪行。

卓悠甚至想出了令犯罪者招供的方法。

明明即將解開眞相，但他一點也不感到高興。

因爲，就算他的推斷正確，眞相亦是一個使人感到沉痛的眞相……

12 錢買得到的東西

洛杉磯國際機場毗鄰太平洋，乃美國西岸最繁忙的機場，飛機在四條跑道上升升降降。

冬日的早上，這個主理國際遠程航線的航廈熱鬧如常，排隊託運行李的旅客湊成人龍，像便祕的腸道一樣蠕動緩慢。由於手推車需要投幣才能借用，大部分旅客都只是用手拖著行李箱，既要保持空隙，又要追上前面的步伐，稍一失神就會露出狼狽相。

那邊是窮人的世界。

頭等艙機票櫃位這邊，既有專人侍候，又不用排隊。

機位上方的螢幕顯示登機資訊，該航空公司下一班起飛的航班，目的地就是香港。

櫃位職員和女客人對答，兩人的英語都有標準的美國口音。

「董小姐，這是妳的機票。請於這個時間抵達登機門。爲妳服務是我的榮幸。」

「謝謝。」

這個董小姐將機票夾在護照套，轉身就離開了頭等艙的服務櫃位。

她戴著女裝圓帽和太陽眼鏡，身穿名牌棕色大褸，肩掛本季最新款皮包，全都是昨天買的名牌精品。

回頭一看，排隊的人潮似乎有增無減，快到一個逼近牆邊的極限。

「當有錢人眞好，不用浪費時間排隊。有錢人的時間就是特別寶貴吧？」

她不禁冒出這樣的想法。

只要有錢，就能買到美好的一切，包括別人的時間和貴賓級的待遇。在銀行裡，有一般櫃檯，也有專門爲大戶服務的快速櫃檯。只要付得起炒價，就可以得到別人熬夜排隊才買得到的限量產品。不管在機場還是在棒球場包廂，甚至是在主題公園，願意付錢買ＶＩＰ票的人總是享有特權，可以優先登機及進場。

錢，隨著資本主義的魔力膨脹，可以買到的東西愈來愈多。

只要有錢，幾乎無所不能——

大前提是你要有花之不盡的錢。

「郭泰安他們沒來送機，這樣最好……今天早上跟他們在酒店門口告別的時候，我眞的鬆了口氣。我也不用再演戲了……」

她一邊走，一邊想。

機票上的名字寫著董千金的名字，手上的護照也是董千金的香港特區護照。

但她是假的董千金。

「一切尚算順利，按照原來的計畫進行……我忍得好辛苦，過關之後，一定要痛痛快快抽一根菸。」

正當她放下戒心，走向出境檢查入口，一抬頭望向前方，卻駭然停住了腳步，怔住不動。那裡站著一男一女，男的是卓悠，女的是紫貓。

假千金暗暗吃驚，猶如作賊心虛，冒出退縮的念頭，正當她回頭一瞥，竟然瞧見郭泰安和蘇小妹。

左右兩旁都是商舖，前後包抄，她夾在中間，要逃也逃不了。

四雙眼睛都緊盯在她的身上。

假千金鎮定下來，托了托太陽眼鏡，踏出姍姍的步伐，走向卓悠那邊。她毫不掩飾驚訝之色，反客爲主地問：「咦！這是驚喜嗎？你們怎麼來了機場？」

她抱著自欺欺人的態度，佯裝若無其事。

「我們改變了心意，忽然想來送機……」

卓悠這麼說的時候，她勉強笑了笑。

「更重要的是，我打算跟妳做一個實驗，只要實驗成功，就可以解開妳離奇來到美國這個謎團的眞相。」

當卓悠這麼說，她再也笑不出來，眼神略含疑惑之色，當中亦摻雜著一絲懼意。

「實驗？」

「對。如果現在方便，我想借妳的手機一用。」

假千金微微一怔，心想應該沒大礙，也沒甚麼好猶豫的，便伸手摸進皮包，向卓悠遞上那支玫瑰金款式的智慧型手機。

只見卓悠接過手機，輕輕按了幾下，操作不到五秒，就把手機歸還給她。

「好啦。實驗開始。第一步，請妳打開手機的主畫面。」

假千金感到費解，不疑有詐，將拇指按上螢幕下方的「HOME」鍵。

螢幕一亮，顯示鎖上了的畫面，沒有解鎖就不能進入主畫面。她皺了皺眉，按了幾下，只能進入要求輸入密碼的畫面。

「你幫我的手機設定了密碼嗎？」

一言既出，假千金才省悟是怎麼一回事，可是她已經中計，掉入卓悠的圈套。

卓悠目光炯炯，咄咄逼人地問：

「咦？這不是妳的手機嗎？怎會解不了鎖？」

假千金想了想，砌詞狡辯：

「我忘記密碼啦。我習慣手機沒上鎖，時間過了這麼久，我真的忘記了……」

「這款手機有指紋辨識功能，妳可以用指紋解鎖。剛剛，我只是在設定裡啓用了鎖屏，登錄在系統的指紋從來沒變動過。」

假千金一臉無辜，一心裝瘋賣傻到底。

「我不懂，眞的解不開哩……可能有人在我的手機動了手腳吧？」

卓悠笑了笑，直接揭穿她的眞面目：

「不，妳不是不懂，而是心裡明白，妳和董千金的指紋不一樣。我沒說錯吧？很高興認識妳，董千金的雙胞胎姊妹——令狐小姐。」

此話一出，假千金面色大變，這樣的表情自然逃不過眾人的眼睛。

卓悠等人朝她靠近，事到如今，她要溜跑也來不及了。

「你在說甚麼啊？我不懂……」

否認是自然反應，但她心裡明白，再裝蒜下去也是沒用的了。

郭泰安湊上前，察看假千金的五官。

「眞是一模一樣呢……連我也分不出來。不妨跟妳坦白好了，我和小妹一直在監視妳，當妳在櫃位辦手續的時候，我用望遠鏡看見了，妳的護照套裡另外有一本美國護照。這樣的事妳怎麼解釋？卓悠說對了，妳是假的董千金！」

四人沒來送機，原來是欲擒故縱的手段。

令狐小姐最避忌的人就是卓悠，果然就是栽在他的手裡。到了這地步，她自知難以狡辯，不禁露出憔悴的笑容，向卓悠問：

「你是甚麼時候開始懷疑的？」

卓悠眨了眨眼，以勝利者的口吻說：

「抱歉，我連一秒也沒信過妳。這個眞相令人難以置信，充滿離奇和巧合，但眞相就是眞相。雖然基因一樣，雙胞胎也長得一模一樣，但指紋是隨機形成的生理特徵，所以雙胞胎有不一樣的指紋。」

令狐小姐恍然大悟，一連串計畫精心部署，沒想到還是百密一疏。但指紋這種生物特徵，要改變也改變不了，有人識破眞相，她也只好認栽。

卓悠繼續說：

「外國人入境美國，十根手指都要放上掃瞄器。但美國公民回到本國，就可以跳過這個檢查程序，不用印指紋。美國護照難以僞造，因此，我可以斷定董千金一定是用了妳的美國護照

入境。而且，她也用了妳的護照離開香港，所以那邊查不出她的出境記錄。」

同卵雙胞胎的生理特徵一樣，甚至連聲音都非常相似，唯一的差異只是指紋。正常而言，雙胞胎在同一個地點出生，國籍一定相同。而董千金和令狐小姐自小分隔兩地，各持不同國籍的護照，這樣的例子億中無一，美國的入境檢查根本不會提防。此外，美國移民局不會管制出境，美國公民出境時不必受檢，不會留下出境記錄。所以，董千金就鑽了這樣的漏洞，成功入境美國。

令狐小姐咬著嘴唇沒有反駁，等同承認了這個事實。

她隔著太陽眼鏡與卓悠對視，無精打彩地說：

「結果還是瞞不過你……你的頭腦真厲害，連我的姓氏也查出來了。」

「妳過獎了。恰巧令狐是罕見的姓氏，我才碰碰運氣用這個姓氏來試探妳。雖然妳的生父是董振中，但我猜妳的媽媽會用她的姓氏來幫妳取名。」

據卓悠所知，按照美國習俗，即使當母親改嫁，兒女亦會沿用出生時的名字，不必冠上繼父的姓氏。

令狐小姐向著眾人問：

「我媽媽的事，你們都清楚啦？」

郭泰安和卓悠互看了一眼，幾乎同時向她微微點頭，目光中流露出複雜的情感，既像同情，又像忿忿不平。

他們從董先生的口中得知令狐媽媽的事。

這個女人和董先生並非有實無名的夫妻，也並非甚麼一夜情的關係，彼此之間只有金錢上的交易，而且是一筆鉅款——哪怕是當一輩子的妓女，天天接客二十個小時，也賺不到的鉅額數目。

當年，年輕的令狐媽媽是絕色美女，不僅出身清白，更是美國頂尖大學的資優生，智商一百四十以上，基因檢測不帶遺傳性重疾的致病基因。

她是董先生重金禮聘的代理孕母。

直到卓悠問起，郭泰安才想到，自小都沒見過董千金的母親。他曾向董千金問起，她卻說自己也沒見過媽媽。郭泰安以爲其中有難言之隱，便不好意思再問，哪想到董先生亦一直瞞著女兒生母的祕密。

董先生年輕時風流快活，繼承了家族的大企業之後，並無結婚的意願。一結婚，有了老婆，就失去了自由，一個不好離婚，家產隨時不見一半。只要不結婚，他就可以繼續夜夜笙歌，盡情浪蕩，晚晚換不同的女人，快活過淫天大聖大鬧春宮。

但這樣的男人，忽然有一天，還是有了生兒育女的念頭，盼望有自己的後代。在資本主義社會，錢幾乎買得到所有東西。包括孩子。

董千金，令狐小姐，都是試管裡的結晶品。

「我也是直到近年才知道自己的生父是香港名人董振中。當年，媽媽懷孕四個月的時候就發現懷的是雙胞胎。於是，媽媽猶豫著要不要告訴董振中，由於雙胞胎的機率微乎其微，她和董振中簽訂的合約並無包括雙胞胎的條款。」

令狐小姐主動剖白：

「最後媽媽決定隱瞞，因為她覺得會用錢買後代的男人並不是甚麼好人，不一定能給孩子幸福。她和董振中根本沒見過面，懷孕期間這個男人都不來找她。媽媽一直煩惱，直到我和妹妹出生，她終於下定決心，要靠自己撫養其中一個，結果她留住我，將妹妹交到董振中手中。媽媽當時真的別無選擇，她這個人很守承諾，與董先生簽了保密協議，這輩子沒有向其他人透露過這件事。」

但令狐小姐說得出這樣的事，就是說她已知道媽媽的祕密。否則，只要董振中本人不說，這樣的事真的可以成為永遠的祕密。

令狐小姐拿下太陽眼鏡，聲音委婉地問：

「董振中已經知道了嗎？」

卓悠會意過來，立刻回答：

「我只是告訴董先生，說董千金會來美國，就是知道了生母的事。我假借董千金的名義，說她希望知道真相，就託我們打電話向他求證……董先生便說出當年找代理孕母的事，而我打算和妳談一談之後，才向他報告有另一個女兒的事。」

令狐小姐露出詫異的表情。

「這麼說，他還不知道有我這個女兒？」

卓悠點頭示意。

雖然解開了眞相的神祕面紗，但他還沒有想出善後的方法。

人心難測，令狐小姐的用心仍是未知之數，所以他想當面跟她對質。她冒充董千金回去香港，這一點不得不令人起疑。如果她懷有惡意，想向董振中報復，卓悠就要阻止這樣的事。

此外，還有一個非常棘手的難處——

不管是被騙還是自願，董千金用別人的護照入境，已經觸犯了嚴重的罪行，一旦曝光，她搞不好就要坐牢。卓悠只是親自盤問，沒有報警處理，也是顧念到這一點。

對話就像斷了弦一樣，令狐小姐和卓悠之間只剩下沉默的冷空氣。

郭泰安按捺不住，吐出心中最大的疑問：

「現在，董千金在哪裡？」

隔了好幾秒，令狐小姐才幽幽地說：

「在一個她無法離開的地方。」

此話一出，眾皆愕然。

郭泰安最擔心的事發生了，既然令狐小姐有共犯，這件事就頭痛了。

無奈郭泰安爲人衝動，想也不想，就衝著她大罵：

「竟然禁錮自己的親妹妹，妳還是不是人？」

令狐小姐搖著頭說：

「我沒有禁錮她。」

郭泰安一怔，又問：

「那麼……她爲甚麼無法離開？」

令狐小姐的目光穿透玻璃牆，望向航廈外的蔚藍天空。

「是她自己不願意離開。」

眾人面面相覷。

一絲憂傷的笑容掛在令狐小姐的臉上。

她轉身面向航廈出口。

「有個地方,希望你們現在跟我去一趟。」

□

即使在冬天,加州的天空依然很藍。

綠野之間的柏油路上駛來一輛廂型車。

棕櫚樹,小木屋,金髮碧眼的稚童,長方形的古董車……

這一片童話般的景色彷彿屬於迷你水晶球裡的世界,夢幻得好像並不真實,倒映在廂型車的玻璃窗。

令狐小姐坐在前座,向司機提點路線,其他人則坐在後座。

這是一輛七人座的出租車,座位相當寬敞,司機是個白髮老翁,長得有幾分像聖誕老人,就是差了一綹絡腮鬍。

由機場來到這一區，車程大約一個小時。

在路上，每隔數公里就出現公路的指示牌，如果郭泰安沒有看錯，他們的目的地似乎位於迪士尼樂園附近。

真相曝光之後，令狐小姐無法再冒充董千金，不得不錯過航班，白白浪費了一張頭等艙的機票。

從廂型車下來，不久前看見的田園景色都被眼前一幢幢白色屋群覆蓋。

眾人走入了一個白色的世界。

但這裡不是甚麼城堡，而是一所療養院。

現代風建築，色調潔白，滿堂自然光，橡木地板明亮如鏡。園區內有座大中庭，有草坪，還有海景餐廳，四邊都是聯排別墅，灰色屋簷如拼布般在空中交織。暖和的陽光穿透一片薄雲，柔和地照灑在微斜的徑道，兩邊花團錦簇，恍如一幅幸福的圖畫。

由令狐小姐說出目的地的一刻，卓悠用手機搜索那個地址，一看見「HOSPICE」這個英文字，已想通了是怎麼一回事。他一路上默不作聲，也沒有刨根問柢，倒是有看風景的閒情。

《王子與乞丐》。

卓悠想起這本書。

他早該發現這個偶然的提示，因為當晚他打開電子書的ＡＰＰ，按照閱讀時間來排序，從新至舊，這本書就出現在第一排。

這部馬克吐溫的作品，講述兩個同年同月同日生的男孩，一個是王子，一個是貧民，由於長得非常相像，一時貪玩，就調換了身分，嘗試體驗對方的人生。童話故事有一個美滿的結局，現實卻沒有這等美事，窮人只能羨慕富人的生活，而富人都不在乎民間疾苦，彼此活在彷彿沒有交集的時空。

令狐小姐只是共犯。

董千金失蹤案的始作俑者，就是董千金本人。

卓悠終於瞭解她失蹤的動機。

「HOSPITAL」是醫院。

「HOSPICE」是提供臨終關懷的安寧中心，對象是重症的末期患者。

比起住在醫院裡冷冰冰的病房，這裡的環境舒適得多，一間間聯排房子就像度假村的別墅一樣，寧靜的微風彷彿可以吹散悲傷。

推開木門，這間小室就像出租公寓的套房，有沙發，有假暖爐，有個小廚房，還有一株掛滿飾物的聖誕樹。

沙發上坐著一個帥哥，竟然是大家都認識的強森。他穿著合身的純色襯衫，還有清爽的及膝短褲。由於卓悠曾說過他也是共犯，所以大家其實沒有感到太意外。錄像片段、匿名包裹、詭室謎題……都是他在搞鬼。

強森露出靦腆的笑容，向郭泰安等人打招呼。

與此同時，有人推著輪椅出來，輪椅上的婦人是個陌生人，而推輪椅的人就是失蹤多時的董千金——之前遭遇了一連串怪事，郭泰安等人看見她時，竟然已經再無驚訝的感覺。

輪椅上的婦人雙頰瘦削，但臉色不是很差，要不是坐在輪椅上，別人也看不出她身懷絕症。

一看她的面部輪廓，不難猜出她是董千金的母親，亦即是令狐小姐的母親。

董千金與姊姊交換一個眼神，朝向不請自來的訪客，眉宇間不僅沒有愧疚之色，居然還有股驕矜之氣。她過去握住姊姊的手，毅然決然地說：「最後還是瞞不過去，他們還是發現了，眞可惜……不用擔心，我會獨自承擔所有後果，妳不會有事的。」

這對姊妹站在一起，不只是長相，甚至連髮型都一模一樣，旁人只能憑衣著來分辨兩人。

郭泰安千里迢迢來找她，曾經爲她憂心和緊張，哪想到她居然一直躲在這裡，彷彿對自己鬧出的軒然大波不聞不問？

他懶得打招呼，一見面就罵：

「董伯伯有多擔心妳，妳知道嗎？妳眞是太任性了！」

董千金卻恬不知恥地說：

「雖然把事情鬧大了，但我不後悔所做的事。我終於見到了媽媽和姊姊，我們去了很多地方，海灘、藝術館……還有美得無法形容的花園。我們曾經一同看海，一同在深山裡看星星，一同仰望迪士尼樂園的煙火。這段日子是我畢生最寶貴的回憶。就算要坐牢，我也無悔！」

在郭泰安的印象中，董千金是個乖乖女，萬萬想不到她會做出這麼大膽的事，居然不惜違法，用別人的護照入境美國。

聽了這番辯白，他反而十分欣賞她。

年輕人就是這樣，不分輕重，做事不顧後果。

但大人又何嘗不是呢？

董振中當初和代理孕母做交易，用錢買來一個女兒，也應該曾經想過，假如女兒有一天知道眞相，到時她會有多麼恨他？

「兩個月前，我在銅鑼灣等人，強森上來搭訕，說我長得跟他的BEST FRIEND一模一樣。我就這樣認識了強森，透過他，我和姊姊取得了聯繫，我才知道世上有另一個『自己』。

姊姊也是最近幾年才知悉自己有個雙胞胎妹妹，有一次，她在收拾家裡的物品時，偶然發現了代理孕母的合約。但直到她和我通話，她才知道自己的爸爸是董振中。」

董千金敞開心扉，全盤托出眞相：

「姊姊跟我說了很多關於媽媽的事。當年外公罹癌，媽媽爲了籌措醫藥費才接受魔鬼的交易。我爸爸董振中看過媽媽的照片，動了色心，託仲介問媽媽可不可以眞的『行禮』，當一夜夫妻……就算他願意加錢，媽媽也拒絕了，只賣子宮不賣身，她對他的爲人也變得很有戒心……」

在座各人感同身受，可想而知，當董千金得悉身世，她的內心有多麼震撼。

錢可以買到很多東西。

但當本來無價的事物有了價格的標籤，我們相信的道德和倫理就會腐蝕。而當金錢的誘惑變得愈來愈大，人就會將靈魂出賣給惡魔。

用錢買得到的東西很多，但不包括親情。

雖然是用錢買回來的女兒，經過將近二十年的相處，從小陪伴心肝寶貝長大，就有了眞正的父女之情。

這種最眞摯的感情，就是錢買不到的東西。

儘管父女心中有了一根永遠的刺……她還是愛他。

「我知道媽媽得了末期癌症，就下定決心，無論如何都要過來美國。我想氣一氣爸爸，本來打算失蹤幾天就向爸爸坦白，哪想到這麼無聊的事竟然上了頭版……我寫傳眞回去，爸爸和警方似乎都不相信……我又不能說出用別人護照入境的事……」

「當妳正在煩惱如何收拾爛攤子，強森看見我們在酒店出現，妳就動了歪主意，打算利用我們吧？」

「你說的沒錯。強森拍下郭泰安的照片傳給我看，我就知道你們是爸爸派來的，而且發現了我來到美國的事。但我的玉照傳到街知巷聞，我一回去香港，入境處的職員再瞎，都會認出我……假以時日，你們也一定會發現眞相，我把心一橫，索性亂來，讓這件事變得有多弔詭就有多弔詭，眞的想過怪到外星人的頭上……對不起，我爲大家添了很多麻煩。」

董千金就是在背後搞事的人，那個粗心大意的犯人。

「有一點我可不明白。妳自己回去就好了，幹嘛要找姊姊頂替妳？」

「因爲我一直勸姊姊跟我去香港，與爸爸相認……但她想親自看看他，才答應要不要跟他相認。而且……我很想繼續留在媽媽身邊，捨不得離開她。本來姊姊過關之後，會故意錯過班機，再用她本人的護照買一張機票去香港，但一切都泡湯了……都怪我疏忽，忘了刪除手機的

指紋記錄。」

「把手機重置不就好了？重置是最乾淨的做法。」

「我忘了密碼啊……重置需要密碼……」

如果董千金去當賊，她一定是個笨賊。

卓悠要問的問題都問完了。

他側過臉，向郭泰安說：

「好了。是時候打電話給董先生了。」

郭泰安微微一驚道：

「你要『踢爆』一切啦？」

卓悠的笑容充滿青春氣息。

「我是年輕人，我一定會站在年輕人的一方。」

一切疑團都有了答案。

整件事有犯人，卻沒有壞人；有陰謀，卻沒有罪行；有芥蒂，卻沒有仇恨；為很多人帶來了麻煩，卻沒有傷害過任何人。在法律上是錯的行為，但法律不外乎人情，最高的法律是良知。整件事的動機純粹出自愛，就算有恨，也是因愛成恨，其本質仍是愛。

這伙年輕人都有一顆赤子之心。

這次的事，就當是一場玩得過火的惡作劇好了……

□

當他們離開安寧中心的時候，外面是午後的陽光，還有淡淡的清風。

蘇小妹和紫貓手牽手，走上小綠丘。

綠丘後面是白色的沙灘，可見汪洋大海。

郭泰安怔怔盯著卓悠，覺得這個朋友變了，變得很會體貼別人。卓悠不僅答應幫董千金隱瞞眞相，還幫忙勸服董先生讓女兒留下來，陪她的媽媽走完人生的最後一程。此外，卓悠還教了董千金一些不便公開的「方法」，來掩藏用假護照入境的事實。

「你教唆犯罪，不怕前途盡毀嗎？」

郭泰安打趣道。

「就算我一無所有，還有你們這幾個朋友吧？」

卓悠難得說出這麼感性的話。

碧藍色的波濤上，海鷗任意翱翔。

很多人營營役役一生，都是在追求財富，要過得比別人好。

但當一個人面臨死亡，這一切都不再重要，銀行帳號裡有再多的錢，都比不上眼前一片美麗的風景。

某座城市的人享有全球平均最高的壽命，百萬富翁的數目亦是世界第一，但他們並不快樂，死亦死得不安。

幸福並不是擁有花不盡的財富，亦不是豐衣足食長命百歲；幸福並不是擁有高高在上的社會地位，更不是一些純粹數字的成就。幸福是心靈上的滿足，哪怕只有一剎那，卻是一輩子都記得的感覺。

如果天天過得走肉行屍，貪心不足、愁眉苦臉，這樣的人生活到一千歲又如何？

活得精彩！活得快樂！活得無悔！

人生的意義莫過於此。

這麼簡單的道理，小孩都懂，大人卻忘記了……

以為用錢可以買到所有東西的人，往往得不到最重要的東西……

13 淑女式的朋友

在西菲利酒店發生的事就像一場夢。

記憶零零散散，如同小吸管吹出來的泡泡球，泡泡球裡都是大家共處的畫面，包含一個個眞摯的笑顏。

昨晚的狂歡派對，留下青春的烙印。

悲歡離合，人生難得幾回醉？

曲終，落幕，道別的時候。

由於蘇小妹買的是廉價航空的機票，班機在冷門時間起飛，郭泰安、卓悠和紫貓爲了送機，一大早就來到了機場。

天還未亮，空氣沁涼。

出境大廳的機場軟墊椅上。

卓悠懶洋洋坐著，打了個大呵欠，這個星期忙得要死，應付完期末考，又要日以繼夜查案，已不知有多少天沒睡飽。對年輕人來說，熬夜已成生活常態，雖然人人都知熬夜不好，但

青春短暫，時間總嫌不夠。

鄰座軟墊椅上擱著報紙，日期是今天，十二月二十四日。卓悠翻了翻，又隨手丟在一旁。

紫貓買了兩杯咖啡回來，遞了一杯給卓悠。

兩人一邊喝著熱騰騰的咖啡，一邊盯著不遠處的郭泰安。郭泰安終於買了大褸，加上內搭針織衫和窄管長褲，穿出了英倫紳士的風度。

在出境禁區的閘口那邊，他呆呆站著，背影落寞，讓人見了鼻酸。

紫貓有點擔憂，向卓悠問：

「他已經有多久沒動過？」

「大概有五分鐘吧。」

卓悠長嘆了一聲。

此情可待成追憶，終於到了夢醒的時候，意中人已去，只剩痴心漢獨自盯著那片空地，思憶伊人臨別時娟娟的倩影。

郭泰安中毒已深。

而這個毒，就是情花的毒。

剛剛的對話言猶在耳：

「對了……小安，這是給你的！」

「給我的？」

「對啊！聖誕禮物！」

「妳手頭緊，還花錢買禮物給我……這份恩情……」

「這份禮物很便宜的，基本上不用花錢。我早就準備好，本來就要在這個聖誕節送你。」

郭泰安拆開禮袋包裝，窺了窺開口，看著袋裡毛茸茸的圍巾，又再熱淚盈眶，差點就流下男兒淚。

「希望你別介意……我時間不夠，圍巾有點短，用的是剩餘的毛線，所以也沒花甚麼錢……但我保證，一針一線都有我的心意！真的很感謝你，給我一個出國的機會，有你這麼好的朋友，真的是我幾生修來的福氣！之後我回香港再請你吃飯吧！MERRY CHRISTMAS！I AM MERRY，ALL BECAUSE OF YOU！」

這番甜蜜的話就像跳了針的唱機，不停在腦中重播。

等到目送蘇小妹消失，郭泰安呆若木雞，瞪著捧著的圍巾，傻傻站著足足十分鐘之久。

「喂！你當機了嗎？」

郭泰安面前，紫貓伸手揮來揮去，但他仍然沒有反應過來。直到她的手套快要碰到他的鼻

尖，他才稍微回過神來，但目光渙散，痴痴呆呆地說：「我曾跟她講過，如果我這輩子能收到親手打的圍巾，我就死而無憾……想不到她會記得。她心裡是有我的……哪怕只是一小角。」

「姊姊心裡當然有你！只是你太婆媽，說話經常顛三倒四，又跟她當姊妹，她才沒發現你的心意。哎！你也眞是的……有時候，我也眞的看不過眼！」

「這麼說，她就是眞的把我當姊妹囉……」

「因爲你從來沒有表白心意！」

「她也一直沒察覺我的心意……」

郭泰安拿出皮夾錢包，看著相片框的一格，抽出「君子街四人組」的合照。原來在這張照片背後，暗藏了另一張小照片，這張照片是他和小妹的合照，兩張臉貼得很親密。

紫貓在旁看了，面露鄙夷之色。

「你眞是沒種！做出這種幼稚行爲。」

「不然，我可以怎麼做？」

「和那個安東尼爭啊！男未婚，女未嫁，只要你覺得自己可以對她更好，讓她更加幸福，你就應該爭取！」

「我有橫刀奪愛的本事嗎？」

「不管有沒有，像姊姊那種女生，都會欣賞親口對她示愛的男生。現在的男生都很膽小，只敢用短訊示愛。我一直覺得，男生要表白，就要當面親口表白。這樣就算被拒絕了，女生也會很欣賞男生的勇氣。」

郭泰安聽罷，垂著頭不語。

勇氣，這就是他欠缺的東西。

會後悔嗎？他已經很後悔了，過去兩年明明有很多機會，但他都一一錯過。

「現在再說也是沒用……人都已經走了……」

「你可以追上去啊！」

郭泰安聽到紫貓這麼說，目光好像倏地有了光亮，但他踏出一步之後，又擺出一張苦臉，聲音淒楚地說：

「沒得比的！小妹和他是青梅竹馬、情定終生的完美情侶。如果我再纏著她，就只是個電燈泡。我已經瘦了這麼多，但小妹從來沒讚過我帥，未曾對我心動……倒是她看著安東尼的照片，總是露出甜絲絲的笑容……」

論長相，郭泰安真的不及安東尼英俊。

紫貓心念一動，隨口而出：

「《美女與野獸》這個故事，告訴了我們甚麼道理？」

「妳是諷刺我長得醜嗎？」

紫貓使勁搖頭，揮了揮一雙粉拳，扯回正題：

「不是……我是想告訴你，相貌不是重點，有心才是重點。」

郭泰安皺起單眉，眼神中滿是質疑之意。

「是因為野獸有錢，美女最初才會搭上他吧？」

「這麼說的話，你是富家的大少爺，就更加沒有輸的理由。」

郭泰安開始心動，但遲遲沒有行動。

紫貓氣急了，給他一個追上去的理由：

「姊姊的英語不靈光，你要不要去幫她？你陪她的話，起碼在飛機上的時光，她也不會感到孤獨。」

「現在買機票還來得及嗎？」

「來得及！票價可能貴一點，只要有心和有錢，航空公司都會為你服務……要不然嘛……你用趕著去見親人最後一面當藉口，這一招我有朋友試過，真的會成功。」

「這種缺德的事……我做不出來。」

誰都看得出來，郭泰安口是心非，掰出了僞君子的理據來說服自己不要犯傻。但熟悉他的朋友一眼看透，他正在猶豫，內心掙扎不已，一顆心懸在斜坡，只差輕輕推一把，就會向著傾側的方向滾動。

紫貓突然想起了般，打開吊在腰間的小提包，拿出一組充電線和插頭，萬分懊惱地驚叫：

「哎呀！糟糕！我忘了把充電線還給姊姊！」

郭泰安一聽此言，一腔熱血上心頭，取走充電線和插頭，拋下一句「我拿去給她」，就這樣不辭而別，在空曠的機場大廳直奔，衝向航空公司的櫃位。反應之快，就像變了另一個人似的，直教旁人目瞪口呆。

「眞是的……」

紫貓怡顏悅色，拭了拭手，覺得成全了一件美事。

卓悠站到她的身旁，伸手輕摸她的頭。

「妳是故意的吧？早有預謀。」

紫貓本來想裝無辜，自知瞞不過卓悠，便只是吐了吐舌頭。

卓悠一語道破：

「其實沒帶充電線的話，再買一條不就好了……不過，對這個傻小子來說，他要的只是一

個藉口吧？」

爲了幫朋友一個小忙，就買一張機票，這樣會不會太傻？醉翁之意不在酒，哪怕只是短短數個小時的時光，只要可以繼續待在她的身旁，他就覺得很快樂，一切都是値得的。

紫貓看見郭泰安深情的一面，心中有股難言的感動。

「他是眞的很喜歡她……」

「由小學開始我就認識他了。認識他這麼久，我很清楚他的脾性，他做甚麼都是三分鐘熱度，吊兒郎當，沒半分正經……但這次不同，他眞的爲她改變了很多，而且心意堅定不移。」

「明明有個這麼好的男人在身邊，姊姊爲甚麼沒有發覺……」

卓悠感觸良多，若有所思地說：

「很多人畢生都在追求遙遠的東西。我們習慣了身邊的一切，所以萬萬沒想過，眞正的幸福就在觸手可及的地方。」

紫貓似懂非懂地說：

「眞是矛盾啊……」

以前，每當郭泰安失戀，卓悠都會買一支加倍佳給他，當作安慰以示鼓勵。這一次，卓悠會準備一桶加倍佳等他回來，與君同銷特大級的失戀之愁。

卓悠在胸前劃了個十字，暗暗送上了祝福。

他朝郭泰安離開的方向，喁喁噥噥：

「千金難買有情郎……只盼他在傷透心之後，依然有再愛的勇氣……」

□

機場裡發出最後登機的廣播。

郭泰安不顧一切地向前衝。

人群、推車，他全都不放在眼裡，晃身一閃而過。

他沒帶任何行李，只帶著一顆飛躍的心，兩袖清風通關，以最快的速度邁向登機門。

口袋裡只有手機、錢包和護照。

他拎著充電線、插頭和機票，到了登機門，候機區闃其無人，看來自己就是最後一個登機的乘客。他氣喘吁吁，把機票交給空姐檢查，一個箭步就上了登機天橋，然後一眨眼就踏在機艙內部。

他才踏進機艙不到十秒，後面的登機門真的關上。

儘管受到矚目，郭泰安挺起胸膛，大搖大擺沿著走道的地毯前進。

這是一架小型客機，只有一個機艙。

郭泰安一眼就瞧見了蘇小妹。

太棒了！他暗暗感到慶幸，因爲全機幾乎滿座，但她的鄰座是空的。

郭泰安一屁股坐下的時候，她才注意到他，在此之前她一直盯著窗外，心事重重的模樣。

「你……」

在她說話之前，他將充電線和插頭塞到她的懷裡。

郭泰安若無其事地說：

「妳這個笨蛋，忘記了這麼重要的東西。如果手機沒電，客死異鄉，也沒人會來救妳！」

這一次，蘇小妹難得不糊塗，問中了要害：

「因爲這樣，你就特地買了機票？你買機票的錢，夠我買一百條充電線啦……」

郭泰安腦筋動得快，瞎編出一個好理由：

「我就是擔心妳嘛！妳眞是不懂外國規矩耶。今天是平安夜，加拿大人那麼懶，很多店鋪都提早打烊，或者根本沒有營業。妳會法語嗎？蒙特婁那邊的人都講法語。加拿大地大，沒有車等於殘廢，要買到充電線，可不如妳想像中那麼簡單。」

蘇小妹會心一笑，衷心感激地說：

「謝謝你。」

飛機起飛了。

不一會兒，窗框外是透光的雲層。

郭泰安呵護備至，怕她冷，跟她要來了毛毯。他怕她渴，又要了一瓶礦泉水，扭開了瓶蓋，才遞到她的手上。整趟旅途上，他一直無微不至，處處都替她著想。

蘇小妹笑咪咪道：

「你眞的很有君子風度。如果我是男人，我一定會愛上你的。」

「哈……」

郭泰安無言以對，搔了搔後腦，笑得有點虛假。

蘇小妹移開了目光，說出心底話：

「長距離戀愛眞的很辛苦。如果我這一次不來加拿大，就很有可能會跟安東尼分手。我上他的ＦＢ，經常看到他和其他女生的合照，那些女生都比我漂亮多了……幸好有你陪我，否則我一個人眞的不敢出發。」

她最近悶悶不樂，原來也是因爲感情問題。

心中的惡魔湊近郭泰安的耳邊說：「這是乘虛而入的好機會！」

郭泰安握緊了拳頭。

他竭盡一切力氣，連聲鼓勵：

「我會支持妳的！妳一定要盡力挽回妳的戀愛！妳在他的生日會出現，他一定會感動得想哭的！妳要對自己有信心，妳是最好的！」

蘇小妹大受感動，凝望著郭泰安，眼波柔情似水。

「謝謝你。我現在心中充滿了勇氣啦！」

到了最後，傻小子還是做不了小人。

郭泰安終於明白，他為甚麼放不下她。

因為她有顆用情專一的心。

即使大撒金錢，別人也買不到她的心。

這麼單純的女生，他希望她能得到幸福。

長相廝守，不一定是夫妻，朋友之間也可以有這樣的承諾。

時光荏苒，他們仍然是好朋友，將來他會參加她的畢業典禮，或許是婚禮，看著她的娃娃出世……即使她只當他是好姊妹也好，他會默默在身旁守護，十年後，二十年後，彼此依舊無話不談，讓對方擁有自己人生的一塊拼圖。

當她哭泣時，他會爲她遞上面紙。

當她憤怒時，他會爲她握緊拳頭。

他就是她這樣的朋友。淑女式的朋友。

郭泰安替蘇小妹蓋好了毛毯，自己也小歇一會。

眼中是她甜蜜的睡相。

天上人間，如夢一場。

好時光在不經意中飛逝。

「看啊！」

蘇小妹醒來了。

窗外呈現壯麗的雪域景觀，地面是層層相疊的山峰丘嶺，延綿百里冷氣繚繞。奈何感慨，天地之大，人生在世，悲歡只是一渺。

不知是否興奮的緣故，蘇小妹臉上泛起了一陣紅，笑出了小酒窩。

再過不久，飛機就會降落。

機艙裡，兩人的目光穿過了小窗口，俯瞰白雪如毯的大陸……

14 只有苦果的愛情

滿天滿地都是雪。

機艙窗外，跑道外側的厚雪堆疊如山，黃色鏟雪車慢駛，在融雪上留下兩行淚般的軌轍。

「雪啊！」

蘇小妹第一次看見雪。

雪花如棉絮一樣飄落她的鼻尖。

晶瑩的小雪花又落在她的掌心，看起來是透明的，慢慢融化成一滴水珠。

對見慣雪的人來說，下雪就跟下雨一樣，沒甚麼大不了，甚至有點討厭。但對第一次看見雪的人來說，下雪就是浪漫，外國的大屋，且配上積雪，簷上落白霏滿籬，確是如畫般的美景。

飛機停在外面，乘客沿步梯走下飛機。

一朵朵雪花交織成網。

「好美！」

蘇小妹雙眼發亮，像個稚童般興奮。

郭泰安也笑逐顏開。

加拿大爲全球面積第二大的國家，西抵太平洋，東至大西洋，兩岸時差可達四個半小時。而洛杉磯和蒙特婁的時差，前者比後者慢了三個小時。由於買的是廉價航空的機票，他們中途轉機一次，降落蒙特婁國際機場的時候，艙窗外已經暮色四合。

十天之前，蘇小妹沒想過可以過一個白色聖誕。

雖然雪景很美，但天氣眞的冷得令人發抖。

這趟旅行來得突然，準備時間倉促，蘇小妹擔心帶不夠衣服。郭泰安就說毋須擔心，他祖傳一個禦寒的方法，縱使衣衫單薄，亦可熬過冰天雪地的低溫。

「甚麼方法？」

「就是把報紙塞進衣服裡……在物理學上，這樣做有很好的保溫效果，體溫就不會流失。」

「我才不要！只有流浪漢才會這麼做吧？」

郭泰安戴著圍巾，蘇小妹戴著毛帽，仍然覺得很冷。

「我下輩子投胎想做熊貓，不如……妳也一起投胎做熊貓，一起抱抱取暖，妳覺得好不好？」

郭泰安嘴巴壞，又在言語上討她便宜，不過蘇小妹習以爲常，不僅見怪不怪，還覺得這個玩笑很可愛。

蘇小妹和郭泰安離開機場前，先去買當地的儲值電話卡，再一起去買飲料。在咖啡店外面，蘇小妹說要請客，郭泰安堅決不允。

「爲甚麼？」

「因爲我是男人。」

「有關係嗎？」

「對！這是由亞當夏娃時代就傳下來的規矩。」

又是瞎掰出來的理由，逗得紅顏一笑。

「請問要甚麼？」

店員這麼問的時候，郭泰安和蘇小妹異口同聲：

「Caramel Macchiato！」

心有靈犀一點通，兩人交換了一個微笑。

由君子街同居時開始，郭泰安就覺得和她默契十足，有相投的喜好，連小癖好也吻合。

在超市買東西，他和她都會挑最裡面的貨品……

最愛的卡通是「小甜甜」，吃西餐先吃配菜，不吃蔥不吃芫荽，洗澡時從頭洗到腳底……

這些例子可能是穿鑿附會，但在戀愛中人的眼中，都會一廂情願尋找彼此之間的共通點。

「如果她是我的女朋友，該有多好啊……」

郭泰安在心裡感嘆。

世事就是難圓，正如當晚的月亮一樣。

尋找愛的旅途正在倒數，千里迢迢風雪陰霽，他會陪她走完最後一里路。

□

蒙特婁曾是法國的殖民地，當地的建築承襲巴洛克風格，來到這裡，真的有種來到法國的感覺。

麥基爾大學不僅是當地著名的大學，還是國際知名大學，享負百年盛譽，有「加拿大哈佛」的別稱，其中的醫學院更是首屈一指。

安東尼就是麥基爾大學的醫學生。

機場鄰近市區，根據「咕狗地圖」的計算結果，與麥基爾大學的車程大約是二十分鐘。

當下是晚上七點。

郭泰安預購了將近午夜回去的機票，時間還來得及，便陪蘇小妹往市區一趟，嘴裡說反正已經來到，就要見識一下當地的風光。

雪是純美的，但融化的雪髒兮兮，一腳踩得沒入鞋底，弄濕了襪子，感覺就很不好受。

路邊都是堆起的積雪。

蘇小妹撿起了一團雪，捏一捏，朝郭泰安輕輕拋了個雪球。

郭泰安笑著回禮，但他故意擲歪一邊，沒打中她。她略施脂粉，如果他擲向她的正臉，毀了她的妝容，她一定不會輕饒他。

「妳等我一下。」

郭泰安去買了一柄雨傘回來。

青瓷綠的大傘一開，遮擋了紛紛揚揚的雪片。

街上只有他和她。

郭泰安觸景生情，講起一則在網上看過的冷笑話：

「有一個女人，她第一任男友是公車司機，第二任男友是小客車司機，第三任男友是大貨車的司機……她就是愛和司機交往，妳知道爲甚麼？」

「不知道……她喜歡乘車兜風？」

「哈哈。我給妳一個晚上，妳也一定猜不出來。」

郭泰安笑嘻嘻說出答案：

「因爲她是一個『愛司機魔人』。」

愛司機魔人……愛斯基摩人……

聽了這個冷笑話，蘇小妹忽然覺得更冷了……

當晚的派對在一間酒吧舉行，安東尼和大學同學包場，順便慶祝聖誕夜。

再走五十步就是那個地址。

遠遠已經望得見酒吧的招牌。

酒吧位於獨幢的建築物，門口對著寬闊的大馬路，敞著熒熒之光，深棕色大木門牆，鏡面落地玻璃，外觀時尚，有巴洛克的風格。

若即若離之間，郭泰安的心有揪緊的感覺。

這一路上跟隨她追尋眞愛，他已有所覺悟，要陪伴她到最後一刻，親眼見證她獲得幸福的一瞬間。

這一刻就是現在。

蘇小妹早已換了晚裝，穿在大衣底下，容光煥發。她已和安東尼的友人約好，瞞著安東尼來到，暗中走入酒吧，然後躲在禮盒般的大箱裡，由當晚的男主角安東尼拆開，再在眾人掌聲之中擁抱親吻。

總算及時趕到。

是天公作美？還是天意弄人？

蘇小妹收到短訊，知道一切順利，完全照著計畫走。

但就像即將登台的女主角，她的胸口悸動，心情有點緊張，而且有點不安。臨別的一刻，她微微抬頭，與郭泰安溫暖的目光相碰。

「小安……謝謝你一直陪我。全靠你，我才鼓起了勇氣，來到這麼遠的地方。」

郭泰安微笑以對。

苦澀的笑容，但她看不出來。

「妳當我是好朋友的話，就別跟我計較！」

蘇小妹「嘻」的一聲笑了出來，給他一個輕輕的擁抱，輕得好像羽毛落在他的身上。

「傘給妳。加油！要幸福喔！」

「謝謝你。一路順風，我們回香港再見！」

郭泰安向她揮手道別。

她一直向前走，向前走，走向那幢發光的建築物。

她沒有回頭。

所以她一直不知他一直在看著她。

傻小子郭泰安沒有挪開過半步，只是默默站在原地目送她的背影。

飄雪密密麻麻，罩得視野茫茫一片。

在這恍若無聲的世界裡，郭泰安的目光變得空洞洞的，嘴裡和心裡都在吟著同一句話：

「要幸福喔！一定要得到幸福喔！」

她當然聽不到他的祝福。

他一直看著她的背影，雪地上的腳印愈來愈遠，一直綿延到酒吧門口。

風愈來愈大，飄雪也愈來愈狂，將他的身子覆蓋……

覆蓋在一望無際的白色世界……

□

冬天晝短夜長。

異鄉的夜幕黑得透徹，就像全黑的簾幔，微微一點星辰也特別顯眼。

滿天星斗下，肚子咕嚕咕嚕。

郭泰安在白皚皚的雪地上行走，艱難地抬著沾滿雪的皮鞋。

很多人都覺得最美麗的愛情就是男女主角雙方得到幸福，自此恩恩愛愛雙宿雙棲。當我們長大成人，就會發現這樣的期望偏離現實，無情的歲月和命運最會搞鬼。

在這段旅程之中，郭泰安經常思索同一個問題：

一段沒有結果的愛情，到底是不是毫無價值？

告別之後，到了這一刻，他終於可以大聲回答：「就算是一段沒有結果的愛情，也有重大的意義！」因爲這樣的愛情，他減肥成功，做了不少瘋狂的傻事。因爲對她的思念，在無數個寂寞的夜晚作過美夢，哭過又笑過，當夢醒的一刻，他彷彿由一個小子變成了大人。

每個人在青春時做過的傻事和美夢，都會有其意義。

如果甚麼都沒有做，這麼悶的青春要來幹嘛！

這樣也好……他沒有示愛的勇氣，但至少有勇氣成全她的幸福。

這也是愛的一種方式吧？

漫天是紛飛的雪花。

儘管明知道是這個結果，郭泰安茫然若失，好像失去了人生方向，迷迷糊糊在大雪瀰漫的道路上踱步。

他拿出手機，查了查地圖，附近有個小商圈，明明看圖只是相隔兩條街，但街口與街口之間，彷彿有整整一個足球場的距離。

天氣報告顯示的氣溫是零下十度。

加拿大的冷是侵肌透骨的冷。

郭泰安很想做個實驗，看看在路邊小便，小便會不會立刻凝固成冰柱……但他只是胡思亂想，並沒有眞的要做的意思。

下大雪的時候，即使是暫時停在停車場的車，車頂也很快積疊了厚雪。

路上沒多少人，大多數人都以車代步。

郭泰安快要熬不住之際，看見不遠方的六公尺高的廣告牌，便知道終於到達了商圈。商圈入口的招牌乃由方格湊成，其中一格是熟悉的速食店標誌。商鋪都在戶外，繞著停車場周邊而蓋，牆貼牆一行排開。

郭泰安獨個兒走入速食店。

這間速食店在北美洲有眾多分店，郭泰安初抵洛杉磯就曾和蘇小妹在那邊的分店用餐。

儘管沒有優惠價，他也點了三十塊炸雞塊。

他捧起餐盤，找了一張四人座的餐桌，悄悄坐下，發了發呆。

在這趟旅程中，這一刻是他首次獨個兒用餐。

他自問是個害怕寂寞的人，但比起平時，這一刻內心的孤獨感加倍擴大，開了一個大破洞，就像臭氧層般無法修補。

曾經覺得好吃的炸雞塊，現在變得淡而無味，難吃得好像在生吞一堆搗得稀巴爛的內臟泥。

郭泰安知道，食物本身沒有問題。

重點是和誰一起吃。

再吃下去，他就要反胃，抓起餐巾紙抹臉，一把鼻涕一把眼淚，這才發現眼角已濺出了淚水。

「今晚的派對你去不去？」

「當然去！安東尼大哥的壽辰，怎可以不給面子？」

旁邊竟傳來以廣東話交談的聲音，郭泰安心頭一震，側耳傾聽之際，亦偷瞄了幾眼，看見兩個年輕男子在用餐，黑眼睛黃皮膚，端的是留學生的模樣。

「呵呵，你聽說了嗎？今晚可精彩了，有愛情『大龍鳳』上演，大家都在拭目以待。」

「甚麼東東？」

「安東尼大哥在香港的女友過來找他。她會在今晚的派對出現，給安東尼一個驚喜……然後，當然是讓他爲所欲爲。」

安東尼？是同一個安東尼嗎？郭泰安聞言一驚，想起卓悠所授的偵探最高心法，一詞記之曰，就是「觀察」。郭泰安細心察看，瞧見其中一男擱在桌上的厚皮文件夾，封面赫然是一個大學校徽。

郭泰安隨即拿出手機，在滿布裂紋的螢幕上觸碰，搜尋麥基爾大學的校徽。雖然卓悠不在身邊，但手機是他修好的，郭泰安冒出一股奇妙的感覺，覺得冥冥之中卓悠仍在暗中相助，就像天線寶寶般傳給他力量。

果然相同。

兩男子是麥基爾大學的學生。

「咦！安東尼在香港有女朋友？」

「對啊。有甚麼好稀奇的？安東尼有多花心你又不是不知道。」

「他就是嘴巴甜，哄得女生死心塌地。」

「真是我的偶像。對他來說，一腳踏兩船、三船、四船……都已經毫無難度。他每個月都『換畫』。他女友的名字，我現在都懶得記了。」

「嗯……如果我的資料夠UPDATE，他跟性感尤物安琪兒正在交往。」

「是的，就是她。他的生日派對安琪兒怎會錯過？今晚新歡舊愛聚頭，哥兒們當然通風報信，串通幫他演戲。可憐他那個香港女友被蒙在鼓裡，不過安東尼也不會虧待她的，今晚應該會對她不錯……」

「哈哈。安琪兒不是省油的燈，原來今晚是『正室』和『偏房』之爭……說到定義，誰是正，誰是偏，媽呀，我也很混亂。」

「總之，安東尼自信十足，叫大家看他表演，如何擺平兩個女人，坐享齊人之福，一王二后……」

砰！

郭泰安大力拍桌，嚇得兩男子彈起。

暴怒的雙眼滿布紅絲，漲紅的臉皮凜然生威。

他容許深愛的人投入其他男人的懷抱，在她最幸福的時光裡，他會悄悄退隱到後方。

但他無法容許這個男人糟蹋她！

郭泰安握緊了拳頭。

他是她的朋友，淑女式的朋友。

但淑女也有憤怒的時候。

冒著風雪，他衝出了店外，在雪地上狂奔，凜凜的寒流撲來，也澆不熄他心中那股熾熱的怒火。

15 在飄雪中的許願

地面一片皚白。

萬里飛雪迎臉落。

在那間酒吧外面，有一丘一公尺高的殘雪，積成矮籬一般的冰壑。

而在酒吧的對面，隔著一條寬闊的馬路，有個像雪人般佇立的身影。

風雪中，樹杈底，郭泰安至少站了兩個小時。

他沒戴錶，手機快沒電了，在關機之後就再也看不見時間。

那張折返洛杉磯的機票，他早就丟進垃圾桶。

在他心中，還有甚麼比小妹更重要？

郭泰安知道小妹受騙之後，風風火火衝到這裡。

但之後呢？

他沒有進去酒吧，只是默默站在酒吧對面等待，呆望著出出入入的年輕人客，偏偏大門後有隔間門，如同影壁一樣，讓他看不見酒吧裡的光景。在九時整的一刻，他最後一次看時間，那時候進去酒吧的華裔學生最多，應該就是派對的開始時間。如果沒有記錯，翌日才是安東尼的生日正日，而今晚將會通宵慶祝。

就這樣，過了好久，已不知今夕是何時。

此刻，落雪鋪滿了頭頂、圍巾和衣肩，大衣抖一抖，雪屑便撲簌簌落下，與腳下的積雪融爲一體。

他不知如何是好，有種愛莫能助的無奈感，心中盼望小妹會有明辨壞男人的智慧，可是他知道她就是對愛情沒轍，笨笨的一往情深，傻乎乎地貢獻一切，終會被騙得遍體鱗傷、心碎欲狂。

這個冬夜的低溫，差不多和冰箱的冷凍庫一樣。

郭泰安的毛衣裡塞滿了報紙。

要不是這樣做，他早就冷死了。

寒風好像刮鬍刀一樣，削破暴露在外的皮膚。

他在守候。

就算她再笨再傻，都有個比她更笨更傻的人在守候她。

他很生氣。

這是他第一次生氣得很想一拳打爆地球，但他自知不可能做到，正如他如今所做的傻事，明明知道殘酷的眞相，卻又不能當眾讓她難堪。

在手機尚未關機之前，郭泰安傳過網上短訊給她，但她沒有回覆。他忘記抄下她的電話卡號碼，所以無法打電話給她。他只好在酒吧外面呆等，片刻不離，假如她出現，他會掰出一個藉口，說自己去廁所太久，所以錯過了航班。

雪落在他凍紅了的鼻尖上。

而他整個人已經麻得不再發抖。

雪變得愈來愈大，一陣緊似一陣。

透過楓樹光禿禿的枯椏，可見一片凋零潔白的肅景，還有屋簷上的夜空。

風花，寒月，天星如燭。

郭泰安仰頭望向穹蒼。

就在這瞬間，奇蹟彷彿發生，突然有一串金光燦爛的火焰劃破夜空，帶著尾巴從天而降，又像一條閃爍的絲帶瞬息間朝地面急墜。

是流星！

隔兩秒，又有另一顆流星墜落。

這一次，郭泰安看見的是眞正的流星。

眞的只是一刹那，稍縱即逝的流星再三出現，如花雨般灑落凡間。

郭泰安抓緊了機會，默默在心中急唸：

「如果向流星許願會成眞，我想跟她談場戀愛！我一定會疼她，永不變心，直到天荒地老！」

流星消失了。天空沉默了。

時間也彷彿停頓了。

他對她一片痴心，但這又有何用？

女人記得讓她笑的男人。

可是女人總是留在讓她哭的男人身邊。

微弱的燈光中，郭泰安獨憔悴，覺得自己許的願不切實際，簡直是自欺欺人的自我安慰。

長夜深深深幾許，但他要等的伊人還沒有出來，再這樣等下去，他搞不好就會凍僵，一個不好就會暴斃。他心想，也許小妹已經從後門走了，他再等也只是白等。

但如果她還在裡面……

突然，酒吧門一開，有個男人跌跌撞撞出來，一副走路不穩的模樣。這人獨個兒靠著牆，

面色又紅又白，顯然已經爛醉。他拿出香菸盒，但找不到打火機，東張西望，瞧見了郭泰安，便過馬路走過來。

當此人走到馬路上，忽然撫住胸口，隨著「哇吧」的一聲，一條黃色的濃稠瀑布從嘴裡吐了出來，接著軟癱也似地倒下，如一堆爛泥般趴著。

郭泰安趕緊上前，瞧著倒地不起的男人，又瞧著那堆夾雜爛菜與肉糜的嘔吐物。

「你沒事吧？」

對方醉得神智不清，但嘴巴還是唸唸有詞。

郭泰安扶著那人，驀然間心念一動，想到了一計。

□

聲色犬馬的酒吧裡。

迷幻黯淡的燈光之中，男男女女各湊一團。

在加拿大蒙特婁這邊，合法的飲酒年齡是十八歲，郭泰安出示了護照，店員就讓他揹著那名醉漢進店。郭泰安冒認是醉漢的朋友，闖進了酒吧站在吧檯那邊，巴頭探腦，目光掠過一張張醉臉。

開心的時候，人就會喝酒。

不開心的時候，人也會喝酒。

離別餞行，合巹交杯，豈可以無酒？

酒，原來就是等同悲歡離合。

郭泰安的目光尋到小妹的蹤影，她果然還在店裡，醉醺醺的模樣。與她隔著大約三個人的身位，有個男子在冷眼旁觀，顯得有點不耐煩，那名男子正是安東尼。安東尼穿著西裝外套，頭髮染成金銅色，瀟灑不羈，果然夠帥氣，難怪有本事玩弄女生的感情。

「安琪兒在不在？我的朋友嚷著要找她。」

郭泰安隨便向人套話，又隨便將醉漢丟在軟座上。

「安琪兒？她十一點半才會到。」

這麼說的話，安琪兒就是還未亮相。

安東尼座檯那邊，他的朋友好像助拳一樣，不停勸小妹喝酒。郭泰安豎起了耳朵，聽到小妹向安東尼喊話：「我不要走！我要陪你陪到十二點！」桌面擺滿空酒瓶，可見她已喝得太多，醉眼矇矇，整個人搖搖欲墜。

這班賤人圖謀不軌灌醉她，就是希望她醉倒離場吧？倘若成功，安東尼就能瞞著她和安琪兒鬼混。

郭泰安一想通這樣的事，頓時怒火中燒，腳步亦不由自主向前直走，直接來到安東尼所在的座檯前方。

小妹恰好看過來，盯著郭泰安，感到難以置信。

酒醉三分醒，小妹怔怔地問：

「你怎麼沒上飛機？」

郭泰安本來想用去廁所太久當藉口，但當與她水汪汪的眼睛互相凝望，他便把心一橫，不再隱瞞，直接說出心底話：「我很擔心妳。」

然後，郭泰安怫然變臉，凶巴巴地瞪著安東尼。

「請問你怎麼解釋？」

到了這地步，郭泰安決定豁出去了，將自己的手機放在桌面。手機的電力尚餘大約5%，他保留至今，就是爲了播放之前在速食店偷錄的錄音：

「安東尼有多花心，你又不是不知道。他就是嘴巴甜，哄得女生死心塌地……對他來說，一腳踏兩船、三船、四船……都已經毫無難度。他每個月都『換畫』。他女友的名字，我現在都懶得記了……如果我的資料夠UPDATE，他跟性感尤物安琪兒正在交往。」

好在廣東話鏗鏘嘹亮，所以錄音內容字字清晰。

小妹有甚麼表情，郭泰安不敢看，他的目光只直勾勾盯著安東尼不放。

安東尼的臉色有點難看，但他不愧是縱橫情場十數載的高手，冷笑一聲之後，弓身站了起來，不甘示弱地說：「你是小妹的甚麼人？憑甚麼來多管閒事？」

郭泰安一臉錯愕，眨著眼回答：

「好朋友。」

「好朋友？哼，你當我白痴啊！」

安東尼彷彿看透了郭泰安這個人，鼻子發出嘲嗤的一聲，然後向郭泰安的背後說話：「小妹，妳真的假的看不出來？這個傻小子喜歡妳，對妳一片痴心。我最鄙視就是這種人，認甚麼乾哥乾妹，明明愛得要死，卻沒種說出口。」

這一招相當高明，轉移了在座所有人的視線，將指向自己的矛頭撥回對頭人。

「不是……不是真的……你誤會了……小安跟我真的是好姊妹……他只是……」

小妹的聲音在耳際間傳來，郭泰安緩緩回頭，發覺與她的距離只在咫尺之間。儘管她一片好心幫忙辯解，郭泰安還是決定坦承事實，嘴裡說出不像自己會說的話：

「對不起，他說的是真的。我對自己沒有自信……那個真正的、膽小的我，必定得不到妳的青睞……我不會對妳說『我愛妳』……我最大的勇氣不是說『我愛妳』，我最大的勇氣是在妳身邊守護妳。」

這是郭泰安最真摯的心聲。

小妹目光呆滯，整個人崩潰了一樣，抱著頭哀求：

「我很亂。求求你，不要再說好嗎？」

看著她心亂如麻的樣子，郭泰安覺得很痛心，但還是要說：「這輩子，我都會爲妳握緊拳頭，不許有人欺負妳。」

說時遲那時快，他　轉身，就逼近安東尼跟前，一下揪住衣領，將他整個人推到了牆上。

「我要你跟小妹道歉！」

「如果我不道歉呢？」

郭泰安二話不說，一拳揍在安東尼臉上，打得他向旁橫飛，撞得滿地杯盤狼藉。

店裡的女人發出了刺耳的尖叫聲。

安東尼的友人團團圍攏過來，將郭泰安包圍在中間。但郭泰安無所畏懼，一步一步走向安東尼，大聲吆喝：

「起來!」

安東尼撫著臉站起來,盯著迎面而來的郭泰安,出於本能反應,隨手抓起玻璃瓶,就揮向郭泰安的額頭。

電光石火之際,玻璃碎片在半空撒開。

郭泰安一拳打爆了玻璃瓶,再順勢轟向安東尼的胸口。

背脊重重撞牆之後,安東尼跪在地上,面容因劇痛而扭曲。

身爲學過武術之人,郭泰安自知不該動手,當下感到慚愧,搖頭擺腦地說:

「我的淑女拳不是用來揍人的。」

安東尼暈倒前,眼神裡好像有個疑問。

郭泰安說話不經大腦,瞪著一擁而上的眾漢,大聲罵戰:「我今天破戒了——因爲我是憤怒的淑女!」

「淑女拳」並非庸人自創的拳法,而是從清朝流傳下來的絕藝,經過黃飛鴻時代的洗禮,再經過五〇年代的偷渡潮,輾轉流入了香港紮根。但由於傳人低調,所以一直沒有發揚光大,只發展成一套以自衛術和反擊爲主的祕拳。

郭泰安自幼就拜師習武。

他的師父是位女中豪傑，未婚，亦有可能是「不婚」，長得有幾分像卡通片裡的花木蘭。她是「淑女拳」的嫡傳弟子，貌似嬌滴滴，但身上每一寸都是凶器，很多男人都被她打到跪地求饒。

郭泰安從小被寵壞，戀母情結不淺……他擇師的條件，就是看胸部，他願意學拳，只是因爲師父胸部大，值得他尊敬……小時候的郭泰安，常常搞混了「胸部」和「胸襟」兩個詞。

上了十幾堂課，師父覺得郭泰安是可造之材，便叫他在武館留下，一對一私授「淑女拳」的最強一式。

這一招叫作「窈窕淑女君子好逑」。

八個字，很長氣，但小小的郭泰安覺得很有氣勢。

武俠小說的招名都很有詩意，甚麼「折梅藏毒手」，甚麼「桃香落紅掌」，又甚麼「杏花悲慘腳」，還有「君子棒法」和「玉女舞劍」……聽起來文質彬彬的招式，往往是出其不意傷人的終極殺手鐧。

師父說，只要學成這一招，世間男人都不是你的敵手，女人亦會深深對你傾心。

郭泰安向師父拱手作揖，擺好架子，準備接招。

「看招！」

無招勝有招，無形勝有形。

一晃眼間，郭泰安揮拳落空，師父已來到他的背後，乘其不備之際，由後面緊緊摟抱住他，扭腰一絆，面對面，胸貼胸，將他向地面推倒。

雖然受壓制在軟地板上，但不知怎地，郭泰安覺得很舒服。

郭泰安爬起來之後，怔住了半晌，想來想去都不明白。

「師父……這一招有何厲害之處？如果遇上力氣大的男人，他一定可以掙脫吧？」

師父抬起下巴，深深一嘆。

「傻徒兒，你眞是傻傻分不清楚……這一招是對女人用的。」

「對女人用？」

郭泰安天眞無邪，萬萬沒想過師父的心腸這麼狠毒，竟然教他對付女人的招式。

「嗯。這一招的招式簡單，但心法最是難學，很多人畢生都無法領悟。如果你領悟了，爲師將會十分感動。」

「心法是甚麼？」

「我再示範一次給你看。」

師父忽然做出摟抱的姿勢，嘴角掛著甜笑，吹氣勝蘭，深情款語：

「不要用你的身體去擁抱女孩子，要用你的心去擁抱她……」

這番肉麻話出自師父口中，郭泰安聽了，頓時起了雞皮疙瘩，差點想向師父呈上退學單。

師父的話原來蘊含愛的真諦。

直到許久的將來，他才領悟這個道理……

□

酒吧外面。

寞天寂地。

風吹雪片似花落。

有一個發抖的身軀橫躺在雪地上。

這個人是郭泰安。

傻笑。

他也覺得自己太過衝動，就算學過功夫，單憑一雙拳頭也難敵一哄而上的一眾壯漢。不過他一邊挨揍，一邊保護重要部位，所以皮肉傷雖多，但暫時沒甚麼大礙，也不必到醫院報到。

反而是一顆心比較痛。

他揍了安東尼之後，瞥見了小妹痛心難過的表情。

這麼一鬧，小妹一定很不高興吧？

但他無悔。

剛剛，大概有二十分鐘，郭泰安就這樣一直躺在地上，軟綿綿的厚雪就像床墊，舒服得令人不想起來，就此一睡不醒也無妨。

繁星點點依然耀目……不，好像變得更加耀目。

再這樣躺下去，體溫徹底流失，這裡就眞的會成爲一個傻子的葬身之地。

郭泰安正想起來，卻聽到一陣輕盈的腳步聲，還沒昂起頭，已看見那張朝思暮想的臉——是作夢嗎？他怦然心動，簡直難以置信，甚至以爲自己處於彌留之際，上了天堂一趟。

由上而下，小妹正看著他的狼狽相。

一滴、兩滴、三滴……眼淚垂直落下。

她爲他哭了。

郭泰安笑了，縱使鼻青臉腫，也彷彿不再感到痛楚。

但他忽然自慚形穢，愧疚地說：

「妳在可憐我嗎？我不需要同情……」

他住嘴了，因爲看見了她身後的行李箱。

「安東尼從廁所出來，我也終於想通了，拿著一杯水上前。」

小妹拭走了眼淚，才說下去：

「我將水當頭淋向他的正臉。」

聽到這樣的話，郭泰安暗暗爲她喝采，隨即又緊張兮兮地問：「他有打妳嗎？」

其實這是個多餘的問題，純粹出自關心。伊人完好無損地站在眼前，即是說安東尼等人沒有對她動粗。

「安東尼只是看著我，然後向我說了對不起。他沒有多說甚麼，也沒有挽留我，只是叫朋友送我去酒店。但我說不用，就自己拖著行李箱出來。」

小妹淡淡說著。

「我和他分手了。」

當她說出這句話，臉上掛著如釋重負的表情。

其實小妹早就有感覺，安東尼一直在等她說分手。這種男人就是自以爲是，要把說分手的機會留給女方。

而她終於做到了。

一切恍若美夢，郭泰安又笑了，高興得像傻掉了一樣，似乎深恐她會回心轉意，幫忙拿起她的行李箱，趕快跨出一大步。

小妹笑嘻嘻地追上去。

「明天陪我去買郵票吧！我想寄明信片給朋友。」

她這麼說，就是暗示明天會和他結伴逛街。

同一個方向。

一團團呼出來的暖氣。

兩人在雪地上漫步，還沒有牽手。

畢竟本來是密友的男女，很難一下子就變成情人。

未來仍是混沌不清的未來，友情和愛情之間尚有一段距離，需要催化劑和時間才能產生化學反應。

郭泰安暗暗下定決心：

「我會慢慢將距離縮短的。」

不遠處有座廣場，廣場積滿厚雪，中間有一個大雪人，旁邊有幾個少男少女在玩，通宵達旦，樂而忘返。

在一片潔白的世界裡，幸福沒有吝嗇它的祝福。

他和她都是單純的人，就是單純的人才有幸福。

對兩人來說，眼前的老街飄雪紛飛，古老的街燈綻放花瓣般的光，冷月凝結在百年滄桑的石牆，簡直是充滿詩意的畫面。

青春，有時是一首傷感的詩，有時又是令人噴飯的鬧劇。

哪怕會傷心，哪怕會難過，哪怕哭得死去活來……

只演一次的話，就要留下回首無憾的回憶。

良宵韶光，此夜難再。

在冰天雪地的冬天，有兩顆溫暖的心。

地上有兩條平行的鞋印。

不知何處響起了零時的鐘聲。

就在鐘聲響起的一刻，兩人走到槲寄生下。

冬天來的時候，
幸福灑滿整個夜晚——

《君子街，淑女拳·冬之卷》完

台灣版後記・當一個紳士變成僞君子

吾妻是公認的美女。經常有人詭異不已地問我，我當年怎麼可以來台灣不到兩個月，就奪得伊人的芳心，還順利把她娶到手？

我相信是和我所受的教育有關——當年在香港大學唸書，有機會探進上流社會的圈子，學會了一些基本的紳士風度。

遞礦泉水給女士前要預先扭開瓶蓋、永遠爲女士開門、擋門和按電梯、遇見水坑脫下外套鋪上去讓女士通過、吃正式西餐要遵守嚴格的餐桌禮儀、即使趕不上末班車也要送女士回家、幫女士提重物撐傘擋雨遮太陽更是不在話下……這些好像在演戲時才會做的事，我都已經習以爲常，變成反射動作的一部分。

這部小說裡描述的君子，其實是中西合璧的「Gentleman」，如果一個男人能處處爲女性著想，只要不是長得像鐘樓怪人，我保證他一定人見人愛。

一九九七年前的香港，那是一個紳士的時代。

而回歸後的香港，則是君子當道，不過是「僞君子也」。

這二十年間，香港眞的改變了很多。

你手上這本書的創作靈感，有不少都是來自近年的時事新聞——賣禁書的老闆忽然在香港失蹤，並用「自己的方式」出境、特區政府領導人的女兒過關有特別待遇、富豪界吹起找代理孕母生產後代的風氣、香港幼稚園小童學的英文生字比美國GRE更艱深、香港幼兒十一個月大就要接受入學面試……

這些寫在小說裡像鬼扯一樣的奇聞駭事，每當我和台灣人分享，他們都露出錯愕的表情，壓根兒不相信我，覺得「文人多大話」，認定我是用了誇張手法！

以我所見，大多數台灣人和莘莘學子的價値觀都是正常的，所以在他們眼中，《君子街》裡講的都是陳腔濫調的垃圾道理。殊不知這些價値觀在香港已經銷蝕，到了一個瀕臨消失的地步，所以我才有必要寫這樣的小說，肩負一下作家的社會責任。

在英語文學世界中，有「反烏托邦」的小說類型。

我也有樣學樣，寫了這部自稱爲「反中環價値」的小說。

郭泰安和卓悠來自兩個典型香港家庭，前者代表地產霸權，屬於社會制度下的最大得益者，而後者信奉菁英主義，視財富多寡爲做人成功的唯一準則。

財富不是壞東西，但過度追求財富，就會釀成一連串悲劇。

就是因爲家長想兒女將來賺大錢，所以自小就過度督促孩子讀書，不少香港學童都要做功課做到凌晨一點。我跟別人說香港的小學生自殺率全球第一，別人都只當是笑話，而我卻暗暗心酸，心裡都爲那些壓力大到自殺的孩子淌淚。

費茲傑羅的《大亨小傳》（*The Great Gatsby*）是公認的美國文學經典，不僅因爲小說的文字美得登峰造極，也因爲它意味深長，隱喻了崩塌的美國夢。故事的結局淒美動人，同時帶來了深刻的反思：我們都在追求卓越的成就，不停追求進步，但與此同時，我們有抓緊自己的夢想，變得比較快樂嗎？

而約翰・史坦貝克的《憤怒的葡萄》（*The Grapes of Wrath*）則從小人物的視角，描寫資本家和地主對農民的剝削。大莊主們沆瀣一氣，不斷壓榨農民，儘管主角一家人拚命工作，也只能勉強餬口，活得毫無尊嚴可言。在經濟好的時候，窮人分享不了經濟成果，但到了大蕭條的時候，卻是窮人首當其衝，率先蒙受其害。

乍聞書名，我覺得很搞笑，後來才知道書名典出聖經〈啓示錄〉，暗示末日的審判。

而我深恐台灣會步上香港的後塵——年輕人一窮二白，再也談不起夢想，拚命工作也買不起像樣的房子。

這是一個扭曲的時代，巨大的資本主義變成了洪水猛獸，這頭猛獸會吞噬人心，令財迷心竅的凡夫俗子喪失人性。

但願讀友們仍能在我的小說裡找到一些樂子、一些溫暖。

天航
二〇一七年
於台灣

註：「中環價值」一詞應是由龍應台女士所創，「中環」是香港最核心的商業區，中環人士就是社會最上流的人士，高薪厚職，代表香港人最崇尚的人生成就。

天航的，阿米巴系列

400米的終點線

為了夢想。為了愛情。在汗與淚交織的田徑場上 —
女孩的笑靨、男孩的靦腆、打勾勾的約定，
在終點線的後方有什麼？那裡有我一直要找尋的東西。
風雨不改，青春無悔！

君子街, 淑女拳

高中最後的夏天，我有了一棟房子。
手上握著鑰匙，身旁搭著好友，我不知道等著我的是什麼，
只知道 —今年夏天，是我人生的第一場冒險！

戀上白羊的弓箭

射手座和白羊座一定會是絕配！？
相信緣分嗎？月下老人總是靜悄悄地牽起了有緣人的小指頭，
只是，這次不是用紅線，而是網路……

披上狼皮的羊咩咩

從前，浪跡天涯的「狼先生」遇上一心想披婚紗的女孩……
自認看遍人生百態、撮合無數有情人的狼先生，
卻沒有信心守護自己的眞愛；
或許，愛情不見得套用計算公式，就能得到正確答案……

書蟲的少年時代

在這場考試的戰鬥中，十六歲的每一天，都從下課後開始——
悲情萬年重考生、流連補習街的寂寞少女、
把獎狀當壁紙的數字男……
擁有鮮明個性的夥伴，加上總是鼓勵、鞭策他，彷彿別有目的
的女孩，一生只有一次、屬於青春的戰鬥，似乎有了更深一層
的意義……

國家圖書館出版品預行編目資料

君子街，淑女拳・冬之卷／天航 著. ——初版.
——台北市：蓋亞文化，2017.06
面；公分. ——（阿米巴系列）（悅讀館；
RE248）
ISBN 978-986-319-270-1（平裝）

857.7 106002773

悅讀館 RE248

君子街，淑女拳［冬之卷］

作者／天航（KIM）
插畫／kim minji
封面設計／克里斯
出版／蓋亞文化有限公司
地址◎台北市103赤峰街41巷7號1樓
電話◎（02）25585438　傳眞◎（02）25585439
部落格◎ gaeabooks.pixnet.net/blog
臉書◎ www.facebook.com/Gaeabooks
電子信箱◎ gaea@gaeabooks.com.tw
投稿信箱◎ editor@gaeabooks.com.tw
郵撥帳號◎ 19769541　戶名：蓋亞文化有限公司
法律顧問／宇達經貿法律事務所
總經銷／聯合發行股份有限公司
地址◎新北市新店區寶橋路235巷6弄6號2樓
電話◎（02）29178022　傳眞◎（02）29156275
初版一刷／2017年06月
定價／新台幣 250 元
Printed in Taiwan

ISBN／978-986-319-270-1

Gaea

GAEA